KB055664

로크미디어가
유혹하는
재미있는 세상

갑질하는 영주님

갑질하는 영주님 6

2019년 4월 5일 초판 1쇄 인쇄
2019년 4월 10일 초판 1쇄 발행

지은이 장대수
발행인 이종주

기획 팀 이기헌 왕소현 박경무 이승제
책임 편집 이정규

발행처 (주)로크미디어
출판등록 2003년 3월 24일
주소 서울시 마포구 성암로 330 DMC첨단산업센터 3층 318호, 319호
Tel (02)3273-5135 **Fax** (02)3273-5134
홈페이지 rokmedia.com **E-mail** rokmedia@empas.com

값 8,000원

ISBN 979-11-294-9187-9 (6권)
ISBN 979-11-294-9115-2 04810 (세트)

6

장대수 퓨전 판타지 장편소설

갑질하는 영주님

ROK
MEDIA

로크미디어

Contents

벨로린 경기장

"말도 안 되는 소리!"

이안의 선불 요구에 콰딘은 상처 가득한 얼굴로 오만상을 지으며 소리쳤다.

일을 완료하기도 전에 청부금을 먼저 달라니, 그것도 1만 금화나 되는 큰돈을.

"누가 청부를 하면서 그 큰돈을 먼저 준단 말이오? 착수금으로 1천 금화 먼저 주고, 나머지는 일이 끝나면 주겠소."

"1천 금화만 먼저 받고 하라고?"

"그렇소. 당신이니까 특별히 계약금을 많이 주는 거요. 돈받고 싶으면 어서 빌로프의 얼굴을 밟아 주고 오시오."

콰딘은 벌써부터 이안을 고용한 사람처럼 약간 거드름을

피웠다.

가만히 콰딘의 하는 짓을 보던 이안은 회의실 문을 걸어 잠그고 뒤돌아섰다.

"청부 안 받아. 대신 넌 죽었어."

이안이 주먹을 말아 쥐고 다가오자 콰딘은 당황했다.

"왜 이러는 거요?"

"해 달라고 엎드려 빌어도 내가 그 청부를 받을까 말까 한데, 뭐? 돈 받고 싶으면 어서 가서 일을 하고 오라고? 내가 니 쫄따구냐?"

이안의 주먹이 날아오자 콰딘은 다급히 팔을 들어 얼굴을 방어했다.

하지만 이안의 주먹은 변화무쌍해서 팔의 각도가 기이하게 꺾이며 콰딘의 복부로 쏜살처럼 파고들었다.

묵직한 소리와 함께 콰딘의 몸이 뒤로 밀려 났다.

숨이 막히고 배에 구멍이라도 난 것처럼 아팠다.

"도끼에 손대는 순간, 대가리 날아간다."

반사적으로 허리의 손도끼에 손을 올리던 콰딘은 이안의 차가운 경고에 놀라 손을 내렸다.

"선불이라도 받고 그 일을 해 주는 걸 감사하게 생각해야지. 내가 아무 때나 부르면 쪼르르 달려오는 사람인 줄 알아? 이것저것 따질 거면 니 입맛에 맞는 사람 구해 봐, 이 새끼야!"

말을 하며 팔을 내뻗던 이안은 콰딘의 얼굴 바로 앞에서 주먹을 멈췄다.

그의 주먹에 콰딘이 코로 거칠게 내뱉는 숨이 느껴졌다. 잠시 말없이 그 상태로 서 있던 이안은 팔을 천천히 내렸다.

"더 때려서 뭐 하겠냐?"

이안이 뒤돌아서자 콰딘이 갑자기 무릎을 꿇었다.

"형님!"

"형님?"

이안은 황당한 얼굴로 뒤돌아섰다.

"내가 왜 니 형님이야?"

"제가 형님으로 모시겠습니다. 저와 손잡고 왕성의 밤거리를 통일해 보시는 게 어떠십니까?"

"지랄하네."

"형님은 딱 보니 저희와 어울리는 사람입니다. 단순하고 거침없이 힘을 행사하고, 그러면서도 사탕집을 돕는 자신만의 정의가 있고."

"밤거리는 너희들끼리 치고받고 싸워, 난 관심 없다."

왕성의 밤거리는 권력자들의 비호를 받지 못하면 유지되기 힘들다.

당장 빌로프에게 상납금을 바치고 있는 것만 봐도 그렇다.

어느 왕자인지 모르나, 그에게도 상납금을 바친다고 얼핏 언급하기도 했고.

'그런 더러운 꼴 보려고 내가 밤거리에 정착하겠어?'

그러긴 싫었다.

쾨딘은 이안이 조금도 생각해 보지 않고 단번에 거절하자 그의 눈치를 보며 바닥에서 일어났다.

"싫으면 어쩔 수 없지, 당신 뜻을 존중하겠소."

"형님이라더니 그새 또 말이 바뀌네?"

"나와 손잡지 않는데, 내가 그리 부를 이유가 없는 거 아니오?"

"너도 참 뻔뻔하다."

이안은 해적 군도에서 만난 청상어 해적단 선장 샤비치가 떠올랐다.

"청부금을 선불로 주겠소. 그러니 청부를 받아 주면 고맙겠소. 조금 전엔 내가 실수했소."

쾨딘은 살짝 고개를 숙여 부탁을 했다.

빌로프에게 얼마나 쌓인 게 많은지 돈과 자존심을 모두 내려놓은 모습이었다.

이안은 사탕을 꺼내 입에 넣고 우물거렸다.

"돈은 언제 줄 거지?"

"내일 밤에 오시오. 보석으로 준비해 놓겠소."

"좋아, 그렇게 해."

기프리쥬와 흑마법사의 일을 매듭짓고 빌로프를 손봐 주면 될 것 같았다.

'그나저나 왕성에 와서 돈 좀 벌어 가는군.'

청부금까지 합하면 콰딘으로부터 모두 3만 금화를 받아 낸 셈이다.

도박장을 나선 이안은 거리에 서 있는 한 마차로 향했다.

도시는 넓었고, 일이 바쁜 사람들은 돈을 주고 마차를 탄다.

마치 택시처럼 마차가 이용된다. 규모가 있는 도시에서 종종 볼 수 있는 풍경이다.

"어서 오십시오, 손님."

손님이 오기를 기다리며 마차 문 앞에 서 있던 늙은 남자 마부가 이안을 향해 정중히 인사를 했다.

신분이 높은 사람들도 자주 태웠기 때문에 마부는 복장도 단정하고 행동도 예의 발랐다.

"구름 여관으로 가 주십시오."

"예, 손님."

구름 여관은 이안이 앞서 묵었던 사슴뿔 여관, 풍뎅이 여관과 함께 왕성 3대 여관으로 이름이 높은 곳이다.

오늘 밤 구름 여관에서 자면 왕성 3대 여관을 모두 체험하게 된다.

이안은 네 명이 타면 꽉 찰 만큼 아담한 마차 안에서 두 눈을 지그시 감았다.

'이렇게 가는 것도 나쁘지 않군.'

워프를 이용해 건물 지붕 위를 타고 가면 시간이야 단축되겠지만, 깊은 밤 마차를 타고 가면서 느낄 수 있는 그것만의 즐거움을 만끽할 순 없다.

잘 정비된 도시의 길은 마차를 이용하기 더없이 좋았다.

그래도 마차의 흔들림이 아예 없는 건 아니라서 이안의 어깨는 좌우로 조금씩 흔들렸다.

콰딘을 기다리며 홀로 술집에서 마신 술이 적지 않아 이안의 얼굴은 약간 붉어져 있었다.

"블란조르, 그 약을 만들라고 시킨 게 1왕자면 나는 어떡하면 좋을까? 그도 죽여야 하나?"

두 눈을 감은 이안은 고민 깊은 목소리로 조용히 물었다.

–1왕자를 죽이는 건 쉽지 않을 거다.

"그래도 내가 죽인다면?"

–그땐 파장이 엄청날 것이다. 1왕자를 둘러싼 정치적 환경이 너무 복잡해. 왕실과 대영주들 간의 긴장 관계가 한순간에 폭발할 수도 있고.

"내가 전쟁을 촉발할 수도 있다는 건가?"

이안이 눈을 뜨며 블란조르를 응시했다. 블란조르는 마차 창밖을 보며 담담히 대꾸했다.

–어쩌면.

이안은 무거운 눈빛으로 블란조르가 바라보고 있는 창밖 거리를 내다봤다.

갑질하는 영주님

밤이 깊어서인지 거리는 한산했다.

"만약 1왕자가 관련이 되어 있다면, 나는 그를 다음 대 왕으로 인정할 수가 없어."

잘랭은 아더 왕이 죽은 후 정세가 흘러가는 방향을 보며 누굴 지지할 건지 결정하라고 조언했다.

섣불리 한쪽 편을 미리 들었다가 영지가 위험에 빠질 수도 있기 때문이다.

그 말은 1왕자가 유리하면 그를 지지하라는 뜻으로도 해석된다.

이안은 그런 상황이 올까 두려웠다.

아무리 왕이 되고 싶어도 식인 괴물을 만드는 짓은 해서는 안 될 만행이다.

―그것 봐라, 내가 뭐라고 했지? 네가 이곳에 도착한 첫날 왕위 전쟁에 한 발 걸쳤다고 했었지? 너는 부인했지만 말이다. 네 행동이 미칠 영향력을 너는 너무 과소평가한 것이다.

한동안 침묵하며 밖을 보던 이안은 진중한 표정으로 말했다.

"일단 흑마법사가 약을 가지고 오면, 그 약 먼저 없애고 보자고. 그게 제일 급선무니까."

이안은 눈앞의 일에 집중하기로 했다.

"손님, 구름 여관에 도착했습니다."

마부석에서 내린 마부가 마차 문을 열어 주었다.

"고맙습니다."

마차 요금을 지불한 이안은 마차에서 내려 전면을 봤다.

궁전처럼 외관이 화려하고 웅장한 석조 건물이 불을 밝히며 서 있었다.

그동안 숙박을 한 사슴뿔 여관과 풍뎅이 여관을 다 합해도 눈앞에 여관을 규모로는 이겨 내지 못할 만큼 거대했다.

5층 구조의 석조 건물이 반원 형태로 길게 이어져 있어서 방의 수만 해도 상당할 것 같았다.

'생각보다 훨씬 크군.'

구름 여관의 규모에 잠시 놀란 이안은 여관 주변을 지키는 경비들을 지나쳐 안으로 들어갔다.

아침 햇살이 환하게 들어오는 방 안에서 거울 속의 옷을 보던 테일란은 몸을 돌려 하녀의 뺨을 후려쳤다.

짝 소리가 나며 젊은 하녀가 바닥을 뒹굴었다.

"내 옷에 왜 얼룩이 남아 있어!"

"죄, 죄송합니다. 아무리 손질해도 그 얼룩은 지워지지 않아서……."

"그걸 말이라고 하는 거야?"

며칠 전 이륜 전차가 넘어져 머리를 다친 테일란은 머리를 흰 천으로 휘감은 모습으로 하녀를 노려봤다.

"수비군 부사령관의 아들이 이런 지저분한 옷을 입고 다니면 사람들이 뭐라고 생각하겠어!"

고가의 외투에 남아 있는 얼룩 자국은 신경 쓰지 않으면 보이지 않을 만큼 아주 작았다.

그러나 테일란은 마치 큰일이라도 난 것처럼 하녀를 윽박지르며 손찌검을 계속했다.

"할 줄 아는 게 대체 뭐야! 버러지 같은 천한 년!"

"집사님도 그 얼룩은 원래 안 사라지는 거라고 하셨습니다."

뺨을 연거푸 맞아 얼굴이 부풀어 오른 하녀가 눈물을 흘리며 답했다.

"어디서 말대꾸야!"

테일란은 벽에 걸어 놓은 말채찍을 들고 와 하녀의 등을 세차게 내리쳤다.

얇은 겉옷이 뜯어지며 등에 시뻘건 자국이 생겼다.

"잘못했습니다!"

"짐승 같은 게 어디서 기어올라? 처맞아 죽으려고."

하녀의 등을 몇 차례 더 채찍질한 그는 입고 있던 외투를 벗어 하녀의 머리 위로 던졌다.

"다른 옷 가져와!"

하녀는 비틀거리며 일어나 외투를 가지고 방을 나갔다.

"또 애를 때렸니?"

마침 방으로 들어오던 테일란의 어머니 데시아가 하녀의 헝클어진 머리카락과 등 뒤의 상처를 보며 혀를 찼다.

"저러다 저 하녀도 그만두겠다."

"일도 못하는 것들을 데리고 있어 봐야 뭐 해요, 짜증 나게."

하녀들에게 수시로 매질을 가해 온 테일란은 아무렇지도 않은 표정으로 대꾸하며 거울을 들여다봤다.

"근데 옷은 왜 신경 쓰는 거니? 설마 밖에 나가려고?"

"오늘 경기장에서 이륜 전차 경주가 있어요. 그거 보려고요."

"그 몸으로?"

데시아는 테일란의 다친 머리를 보며 고개를 크게 저었다.

"안 돼. 당분간은 바깥출입하지 말고 집에서 더 쉬어."

"답답해 죽겠어요. 그리고 오늘 전차 경주에 돈을 걸어야 한다고요."

이륜 전차 경주 승자를 맞히는 도박판에 테일란은 큰돈을 걸 생각이었다.

"이번엔 꼭 제가 찍은 기수가 우승할 거예요."

"아버지가 알면 화를 내실 거야."

테일란은 머리를 다쳤다는 핑계로 검술 학교를 계속 안 나가고 있었다. 이런 상황에서 전차 경주를 보러 갔다가 빌로프에게 들키면 혼이 난다.

"걱정 마세요. 바쁘신 아버지가 경기장에 오시겠어요? 특별한 날도 아닌데요."

테일란은 외모에 신경을 쓰며 콧노래를 불렀다.

그는 전차 경주를 아주 좋아한다. 말을 직접 타는 것보다 이륜 전차에 타서 말의 엉덩이에 세차게 채찍질하는 게 좋았다.

'그 자식 때문에 전차를 새로 제작해야 하잖아. 비싼 전차였는데.'

왕성 밖 들판에서 놀다 돌아오는 길에 이안과 시비가 붙었던 테일란은 지금도 전차가 전복된 게 이안 때문이라고 추측하고 있었다.

"정 가겠다면 사람을 몇 데리고 가."

"사람은 왜요?"

"또 그잘 만날 수도 있잖아. 널 다치게 한."

테일란의 눈동자가 살짝 흔들렸다.

"엄마, 그날은 제가 검이 없어서 당한 거라고요. 오늘은 검을 차고 갈 거예요. 그까짓 자식 만나면 팔다리를 잘라 버릴 거라고요."

아들이 허리에 화려한 검을 차는 모습을 잠시 지켜보던 데시아는 복도에 서 있던 두 사내를 불렀다.

차가운 인상의 그들은 데시아가 외출을 할 때 늘 데리고 다니는 집안의 뛰어난 호위 무사들이었다.

"이들을 데리고 가. 혹시 모르잖니."

"뭐 알았어요."

3층 숙소를 나온 이안은 고급스러운 회백색의 난간이 세워진 계단을 통해 1층으로 내려갔다.

계단을 내려가며 여러 사람들과 마주쳤는데, 돈 좀 있어 보이는 사람들과 귀족들이 대부분이었다.

'좋군, 하루의 시작을 이렇게 해도.'

이안은 호텔 로비처럼 꾸며진 구름 여관 1층 의자에 앉아 아홉 명의 연주자들이 연주하는 실내악을 감상했다.

구름 여관은 늦은 밤 시간을 제외하곤 품격 있어 보이는 실내악을 계속 유지한다.

여관의 손님은 누구든 의자에 앉아 음악을 감상할 수 있고, 여관의 일꾼을 불러 간단한 음료와 술까지 즐길 수 있다.

'왕성 3대 여관 중 이곳이 제일 분위기가 좋군.'

방은 물론 음식도 훌륭하고, 술을 마시며 음악을 가까이서 편안하게 감상할 수도 있다.

대신, 숙박비는 구름 여관이 제일 비싸다.

이안은 같은 방을 계속 사용하겠다며 추가 숙박비를 지불

하고 여관을 나왔다.

─마음에 들었나 보구나, 계속 여기서 잔다는 것을 보면.

"사슴뿔이나 풍뎅이도 괜찮았어. 그런데 여긴 음악이 있잖아. 난 그게 좋아. 비싼 게 흠이긴 한데, 뭐 그 정도는 감수할 수 있어."

여관 앞에 대기 중인 작은 마차에 오른 이안은 광장 남쪽으로 가 달라고 요청했다.

기프리쥬의 집은 광장 남쪽 거리에서 얼마 떨어지지 않은 곳에 위치해 있다.

'내일 보헤샨이 왕성에 도착할까?'

마법 해골을 통해 기프리쥬와 대화를 나누던 보헤샨은 서두르면 4일 뒤에나 왕성에 도착한다고 했다.

그 날짜가 바로 내일이다.

창밖으로 붐비는 거리를 바라보던 이안은 광장 남쪽에 마차가 멈추자 마부가 문을 열어 주기 전에 스스로 문을 열고 내렸다.

"오늘 무슨 날입니까? 유독 사람들이 한 방향으로 몰려가고 있는 것 같은데요."

거리를 가득 메운 사람들이 웃고 떠들며 광장 동쪽 거리로 이동 중이었다.

마부는 돈을 받으며 답했다.

"왕성분이 아니시군요."

"네, 여행 중입니다."

"오늘은 '벨로린 경기장'에서 전차 경주가 있는 날입니다. 결승전이기 때문에 사람들 관심이 더욱 크죠."

"아, 그렇군요."

벨로린 경기장은 도시 동쪽에 위치한 경기장으로, 도시 북쪽에 있는 '왕의 경기장'과 함께 왕성을 대표하는 대형 원형 경기장 중 하나다.

왕의 경기장이 왕실이 주관하는 특별한 행사나 경기가 벌어지는 장소라면, 벨로린 경기장은 도시 주민들이 즐길 수 있는 다양한 경기가 정기적으로 열린다.

이륜 전차 경주도 벨로린 경기장에서 즐길 수 있는 시합 중 하나다.

"손님도 한번 시간 내어 가 보십시오. 아주 재미있습니다."

"네. 생각해 보죠. 알려 주셔서 고맙습니다."

방긋 웃어 보인 이안은 뒤돌아 광장 남쪽 거리를 따라 걸어갔다.

"왕성이라서 그런지 즐길 거리가 많긴 하네. 민심을 관리하기 위한 정책이라도 말이야."

─억눌린 감정을 표출할 수 있는 공간으로 경기장만큼 좋은 곳은 없겠지.

"황제의 시대 때는 어땠어? 이륜 전차 경주가 유행했나?"

―그것도 인기가 있었지만, 그보다는 검투사 경기가 더 유행했다. 인기 있는 검투사의 경기가 있는 날이면 황제도 시간을 내어 관람을 하실 정도였다.

"잔인한 경기일수록 사람들이 더 빠져드는 것 같아. 자극적이라서 그렇겠지?"

거리를 걸으며 블란조르와 이런저런 말을 주고받던 이안은 뒤에서 들리는 수많은 말발굽 소리에 걸음을 멈추고 뒤를 돌아봤다.

날카롭게 빛나는 창을 든 수백 명의 기병들이 왕가를 상징하는 깃발이 꽂힌 마차 한 대를 호위해 이안이 걷는 방향으로 빠르게 내려오고 있었다.

넓은 남쪽 거리는 그들로 인해 일시적으로 통제된 느낌이었다.

'대체 마차에 누가 타고 있기에 저렇게 호위들이 많이 붙은 거지?'

사람들과 뒤섞여 거리를 지나치는 마차의 긴 호위 행렬을 지켜보던 이안은 호위 행렬 속에서 낯익은 자를 발견했다.

그는 왕성 수비군 부사령관 빌로프였다.

파란 망토에 화려한 갑옷을 입은 그는 말을 몰아 마차의 뒤를 따르고 있었다.

마차와 기병들의 뒷모습을 잠시 바라보던 이안은 사람들 사이에서 나와 워프로 건물 지붕 위로 순식간에 올라갔다.

광장 남쪽 거리를 따라 밑으로 내려가던 호위 행렬이 왼쪽으로 꺾이고 있었다.

'저쪽은 기프리쥬의 집으로 가는 방향인데?'

이안은 높은 건물 지붕 위를 옮겨 가며 저들을 따라갔다.

얼마 후 그들이 멈춘 곳은 그의 예상대로 기프리쥬의 집 앞이었다.

"거리를 통제해라!"

"예!"

빌로프의 지시에 기병들이 기프리쥬의 집으로 들어오는 거리 양쪽과 중간 길목을 모두 차단했다.

말에서 내린 빌로프는 멈춰 있는 마차로 다가갔다.

마차 문 앞엔 1왕자를 따라다니는 눈빛이 강한 일곱 호위들이 언제든 검을 뽑을 수 있는 자세로 서 있었다.

그들은 아더 왕의 호위였지만 왕의 명령으로 지금은 1왕자를 지키고 있다.

이들 일곱 호위는 하나하나가 강력한 포스 능력자들이다.

'까칠한 자식들, 나도 경계하는군.'

일곱 호위들이 어디서 왔는지, 그 출신 배경을 아는 사람은 아더 왕밖에 없다.

지금은 1왕자를 섬기니 어쩌면 1왕자는 알지도 모른다.

빌로프는 일곱 호위들이 가로막고 서 있는 마차 문 앞에서 공손히 말했다.

"왕자님, 기프리쥬 경의 집에 도착했습니다."

"벌써 도착했나?"

1왕자 트웰의 목소리는 잠에 취해 있었다.

잠시 후 벌컥 문을 열고 1왕자가 눈을 비비며 마차에서 내렸다.

"아으, 몸이 찌뿌둥하군."

털이 수북한 맨가슴을 훤히 드러낸 흐트러진 옷차림으로 마차에서 내린 그는 크게 기지개를 폈다.

쌀쌀한 날씨는 전혀 고려하지 않은 가벼운 복장이었다.

"왕자님."

기지개를 펴던 1왕자는 외숙부가 달려 나오는 모습에 혀를 찼다.

"외숙부, 내가 들어가려 했는데, 왜 나오셨습니까?"

"그럴 순 없지요. 귀한 분이 오셨는데 말입니다."

왕위 계승자로 아더 왕에 의해 지목된 1왕자의 위상은 다른 왕자들과 비할 바가 아니었다.

기프리쥬는 혈육 관계를 떠나 1왕자를 존중하고 있었다.

"아프다고 들었습니다."

"괜찮습니다."

기프리쥬는 말을 하는 도중 여러 번 심하게 기침을 했다.

그 모습을 보며 가볍게 눈살을 찌푸린 1왕자가 기프리쥬의 등을 가볍게 감싸며 집 안을 가리켰다.

"자 자, 안으로 들어가시죠, 외숙부."

그들이 정원을 가로질러 저택으로 향하는 모습에 이안은 재빨리 워프를 발휘해 미리 집 안으로 잠입했다.

'응접실에서 대화를 나누겠지?'

이안은 전에 숨어 있던 응접실 작은방으로 들어가 저들을 기다렸다.

'1왕자가 저렇게 생겼군. 남의 시선 따윈 안중에도 없는 것 같아.'

흐트러진 옷차림과 하품을 크게 하며 기지개를 펴는 그의 행동 속에 남을 의식하지 않는 자유분방함을 느꼈다.

그것이 천성인지 아니면 높은 신분이 그렇게 만들었는지는 아직 모르겠다.

'단순한 병문안이 아닐지 몰라. 약과 관련된 이야기가 오갈 수도 있어.'

문이 열리고 있었다.

벽에 몸을 기댄 이안은 약간 긴장된 눈빛으로 고개만 살짝 내밀어 응접실 입구를 응시했다.

예상과 달리 1왕자의 호위들이 먼저 응접실로 들어와 내부를 빠르게 수색하고 있었다.

마치 암살자가 숨어 있는지 확인하는 것처럼 말이다.

'뭐야, 저 자식들은?'

하는 짓을 보니 곧 그가 숨어 있는 작은방도 수색할 기세였다.

눈동자가 차분히 가라앉아 있는 모습이 보통 녀석들이 아닌 것 같았다.

'이곳에 그대로 있다간 들키겠어.'

이안은 두꺼운 커튼이 쳐진 창가로 다가갔다.

소리 나지 않게 커튼을 약간 열어 놓은 그는 밖을 응시하며 워프를 발휘했다.

그가 사라진 순간, 1왕자의 일곱 호위 중 한 명이 조용히 방 안으로 들어왔다.

차가운 시선으로 많은 조각상이 세워져 있는 방 안을 꼼꼼히 확인하던 그는 몸을 돌려 넓은 응접실로 걸어갔다.

"이쪽 방도 이상 없군. 왕자님을 모셔도 되겠어."

그들이 나간 직후에 1왕자가 기프리쥬와 함께 응접실로 들어왔다.

"죄송합니다, 외숙부. 내 호위들이 지나치게 일을 합니다."

"괜찮습니다, 왕자님. 왕자님의 안전을 위해선 당연한 조치죠."

그들이 얘기를 나누며 탁자를 사이에 두고 마주 앉을 때 이안은 다시 응접실 안쪽 작은방으로 들어왔다.

그는 숨죽인 얼굴로 벽에 기대 저들이 하는 이야기에 귀를 기울였다.

"어머니가 외숙부 건강 때문에 참 걱정이 많으십니다."

"심려를 끼쳐 드려 죄송합니다, 왕자님."

"나를 욕하는 자들은 많지만 외숙부 욕을 하는 자들은 단한 명도 보지 못했습니다. 내게 외숙부는 자랑스러운 분입니다. 오래오래 사셔야죠."

기프리쥬는 1왕자의 칭찬에 얼굴을 붉히며 기침을 여러 번 해 댔다.

"누가 왕자님 욕을 한다는 겁니까?"

"이거 왜 이러십니까? 저도 듣는 귀가 있습니다."

1왕자는 헝클어진 머리카락을 뒤로 쓸어 넘기며 껄껄댔다.

기프리쥬는 손으로 기침을 막으며 1왕자를 물끄러미 쳐다봤다.

"왕자님."

"예, 말씀하시죠, 외숙부."

"외풍이 강할 땐 유연하게 대처할 필요가 있습니다. 중요한 건 왕이 되어 왕국을 안정감 있게 다스리는 게 아니겠습니까?"

"어쩌란 말입니까, 저보고?"

1왕자는 하녀 대신 호위가 가지고 온 찻주전자를 기울여 찻잔에 차를 따랐다.

맑은 찻물이 찻잔에 고였다.

"왕의 직할령에 있는 백성들만이라도 왕자님을 진심으로 따르게 만들어야 합니다. 그러기 위해선 좋은 소문이 필요합니다."

"연극이라도 하란 말입니까?"

1왕자는 피식 웃으며 찻잔을 외숙부 앞에 내려놨다.

"필요하다면요."

"하하하!"

1왕자는 차를 따르며 크게 웃어 댔다.

"외숙부, 어찌 그리 조셉과 똑같은 말을 제게 하십니까?"

"4왕자도 그런 말을 했습니까?"

"지난번에 찾아와서 난리를 치고 갔습니다. 전쟁을 막기 위해서라도 내가 연극을 해야 한다나 뭐라나, 미친놈. 아, 외숙부께 하는 욕은 아닙니다."

차를 한 모금한 1왕자는 의자 등받이에 등을 깊숙이 기댔다.

"외숙부, 난 그런 연극 못 하겠습니다. 나는 나일 뿐."

"왕자님……."

"그런 연극을 할 사람이 필요하다면, 2왕자 카사르를 찾아가십시오. 그 녀석은 아주 태연히 연극을 아주 잘할 테니까."

"괜한 말을 했군요. 용서해 주십시오, 왕자님."

기프리쥬는 기침을 하며 사과를 했다.

백발의 늙은 외숙부를 빤히 바라보던 1왕자는 찻잔을 들어 입에 가져갔다.

　　"그 정도 기침은 이겨 내셔야죠?"

　　"물론입니다, 왕자님."

　　"벨로린 경기장에서 오늘 전차 경주가 있다고 하더군요. 같이 가시겠습니까?"

　　1왕자는 아픈 사람에게 태연히 같이 가자고 제안을 했다.

　　"옆에서 계속 기침을 할 텐데, 신경 쓰일 겁니다."

　　"외숙부, 나는 전혀 상관없습니다. 나는 그저 어렸을 때 외숙부 손을 잡고 전차 경주를 보던 때가 그리울 뿐입니다."

　　부드러운 1왕자의 말투에 기프리쥬의 주름 깊은 눈가가 미세하게 흔들렸다.

　　"죄송합니다, 왕자님."

　　"뭐가 말입니까?"

　　"더 많이 힘이 되어 드리지 못해서요."

　　"하하하! 별말씀을 다 하십니다."

　　1왕자는 의자에서 일어났다.

　　"마차에서 기다리고 있겠습니다. 준비하고 나오세요."

　　1왕자가 먼저 응접실을 나갔다.

　　기프리쥬는 무거운 눈빛으로 왕자가 앉아 있던 빈 의자를 응시한 뒤 천천히 자리에서 일어나 응접실 문을 열고 나갔다.

벽 뒤에 몸을 기대 안의 대화를 가만히 엿듣고 있던 이안은 그들이 모두 나가자 참았던 숨을 길게 토하며 턱을 매만졌다.

"이상하군. 약 이야기가 전혀 안 나왔어. 몇 년간 공을 들인 것 같은데, 어떻게 한마디 언급도 없지? 더군다나 흑마법사가 완성된 약을 가지고 오는 이 중요한 시점에 말이야. 이해가 돼?"

블란조르는 고개를 저었다.

―이상하다.

"그렇지? 이거 묘한데……."

이안은 눈을 가늘게 떴다.

1왕자가 약을 만든 배후라고 짐작하고 있었다. 불과 조금 전까지 말이다.

하지만 뭔가 이상했다.

둘만이 있는 공간에서조차 일부러 약과 관련된 이야기를 피했을까?

한동안 깊게 생각을 하던 이안은 기프리쥬의 저택을 빠져나왔다.

1왕자의 마차는 여전히 집 앞에 멈춰 있었다. 기프리쥬를 기다리는 모양이다.

―어디로 가는 거냐?

"벨로린 경기장으로."

－그곳에선 저 두 사람이 나누는 대화를 엿듣는 게 어려울 텐데.

"설마 그곳에서 약과 관련된 이야기를 하겠어? 단둘이 있던 응접실에서도 나누지 않은 이야기인데."

－그럼 그곳엔 왜 가는 것이냐?

"구경하러."

벨로린 경기장은 5만 명 이상을 수용할 수 있는 거대한 원형 경기장이다.

왕국의 위대한 건축물 중 하나인 이 경기장은 1층은 고운 흙이 깔린 경기장이고 2, 3, 4층은 계단식 관중석으로 되어 있다.

다만 2층의 일부는 신분 높은 귀족이나 왕실 사람들이 올 경우를 대비해 계단식 관중석과 동떨어져 있는 독립된 장소로 되어 있다.

워프를 이용해 1왕자 일행보다 먼저 도착한 이안은 경기장 맨 위층에서 아래를 내려다봤다.

수만 명의 관중이 전차 경주를 보기 위해 자리를 꽉 채웠다.

'엄청난 열기야. 다들 흥분해 있어.'

아직 경주가 시작되지도 않았는데, 수만의 관중은 각자 자기들이 응원하는 이륜 전차의 기수 이름을 연호하며 열광하고 있었다.

"당신은 누구에게 돈을 걸었소?"

옆 사람의 물음에 이안은 잠시 머뭇거리다 답했다.

"아무에게도 걸지 않았습니다."

실은 이 경주에 누가 참가하는지조차도 모른다.

"에이, 그럼 무슨 재미로 보는 거요? 돈을 걸어야 재미있지."

"당신은 누구에게 걸었습니까?"

"나 말이오? 나는 츠토이쵸에게 은화 두 개를 걸었소. 2년 전 사고를 당하기 전까지 그는 세 번에 한 번꼴로 경주에서 우승을 했지. 부상도 회복했으니 그는 2년 만에 이 경주를 우승으로 장식할 거요. 내 말 믿고 그에게 당신도 돈을 걸어 보시오."

턱수염이 가득한 남자는 작은 종이쪽지를 보여 주며 말했다.

그곳엔 그가 건 돈의 액수와 우승자로 점찍은 기수 이름이 쓰여 있었다.

그러고 보니 주변의 관중 대다수는 작은 종이쪽지를 하나씩 손에 움켜쥐고 있었다.

"어디서 돈을 겁니까?"

이안은 호기심이 생겨 물었다.

"1층 서쪽 통로 분수대 근처에 보면 벨로린 경기장 관리소가 있소. 그곳에서 돈을 걸고 이렇게 영수증을 받아 오면 되는 거요."

"그렇군요."

"아직 시간이 남아 있으니까 가 보시오. 꼭 츠토이쵸에게 거시오."

이안은 등을 떠미는 턱수염 남자의 행동에 피식 웃으며 아래층으로 내려갔다.

ㅡ그 남자 말을 믿고 설마 츠토이쵸에게 돈을 걸려는 건 아니겠지?

"그냥 재미 삼아 하는 거야. 우승하면 좋고 아니면 말고. 그렇다고 내가 아는 기수가 있는 것도 아니잖아."

전차 경주를 본 적이 없는 이안은 재미를 위해 약간의 돈을 걸기로 했다.

1층 서쪽 통로를 따라 걷던 이안은 작은 분수대 주변에 모여 물을 떠 마시는 사람들을 발견했다.

목마른 사람들을 위해 마련된 분수대인 것 같았다.

'이 근처라고 했지?'

분수대를 지나쳐 조금 앞으로 더 걸어가자 벨로린 경기장 관리소가 나타났다.

'줄이 너무 긴데?'

백여 명 정도 되는 사람들이 관리소에 들어가기 위해 길게 줄을 선 모습이었다.

이안은 포기하려다가 그래도 온 김에 조금 기다리더라도 츠토이쵸에게 돈을 걸자고 마음먹었다.

경주가 시작되기 전까지 딱히 할 일도 없었다.

사탕을 꺼내 입안에 넣은 이안은 자신의 차례가 되기를 기다리며 묵묵히 줄을 섰다.

기다리는 시간은 지루했지만 줄이 다행히 빠르게 줄어들고 있었다.

'이제 한 쉰 명 되나?'

이안이 앞을 보며 대략 인원수를 파악할 때 어떤 자들이 갑자기 나타나 줄 서 있는 사람들을 밀치며 관리소로 먼저 들어가려 했다.

"뭐 하는 거요? 줄 서 있는 거 안 보입니까? 줄을 서세요."

"이 자식이 감히 뭐라고 지껄이는 거야? 너, 내가 누군지 알아!"

고함 소리와 함께 줄을 서라고 요구한 남자가 얼굴을 감싸며 바닥을 뒹굴었다.

입바른 소리를 하다가 호되게 얻어맞은 것 같았다.

"뭐! 불만 있어!"

테일란이 눈을 부라리며 줄을 서 있는 사람들을 노려봤다.

"내가 왕성 수비군 부사령관의 아들인 테일란 님이시다!

어떤 놈이든 나서 봐, 귀족이든 평민이든 다리를 분질러 줄 테니까."

호위 무사까지 대동한 테일란은 아주 기세등등했다.

왕성에서 그의 집안을 무시할 수 있는 귀족들은 몇 없다.

"흥! 가자."

줄 선 사람들이 모두 고개를 숙이고 그의 시선을 피하는 모습에 쾌감을 느낀 테일란은 관리소로 들어가려 했다.

"야 이, 시발 놈아! 줄 서야지!"

"……."

관리소에 반쯤 들어갔던 테일란은 뒤에서 들린 욕설에 분노하며 몸을 돌렸다.

"어떤 개새끼야!"

"나다, 십새야."

이안은 줄을 선 무리에서 벗어나 옆으로 걸어 나왔다.

"돈 걸고 싶으면 줄을 서, 이 새끼야. 새치기하지 말고. 어디서 배운 개지랄이야?"

"이 자식이!"

"고관 집 아들이면 처신을 더 똑바로 해야지. 부끄러운 줄 알아, 이 새끼야."

이안의 지적에 얼굴이 벌겋게 달아오른 테일란은 검을 뽑았다.

"죽여 버리겠다."

"넌 어째 하는 짓마다 밉상이냐? 며칠 전에도 내게 혼났잖아? 안 그래?"

"뭐? 며칠 전? 설마 그때 그놈!"

뒤늦게 이안을 알아본 테일란은 괴성을 지르며 검을 들고 그에게 달려가려 했다.

하지만 데시아가 붙여 준 호위 둘이 그를 말렸다.

"저희들에게 맡겨 주십시오."

호위들은 검을 들고 이안에게 다가갔다.

"넌 테일란 님을 공격하려 했다. 그래서 우리가 막다 널 죽인 것이다. 알겠지? 그렇게 알고 죽어라."

"뭐라고 지껄이는 거야?"

이안은 그들이 검을 휘두르기도 전에 번개처럼 다가가 그들의 턱을 손바닥으로 한 대씩 올려 쳤다.

덜꺽.

턱이 빠지는 소리와 함께 뛰어난 검술로 데시아의 신임을 받던 두 호위 무사들이 허무하게 쓰러졌다.

"아주 지랄들을 한다."

단 한 수도 피하지 못하고 기절을 한 호위 무사들을 내려다보며 혀를 차던 이안은 고개를 들어 저만치 서 있는 테일란을 응시했다.

호위 무사들이 별 힘도 발휘하지 못하고 풀썩 쓰러지자 테일란은 매우 놀랐는지 얼굴이 딱딱하게 굳어 있었다.

"가서 사과해, 얻어터지기 싫으면."

"누, 누구에게 말이냐!"

"누구긴 누구야, 니가 때린 사람이지."

이안의 요구에 테일란은 고개를 돌려 그가 때린 남자를 돌아봤다.

그 남자는 부사령관의 아들에게 후환을 당할까 봐 시선을 급히 피했다.

"흥! 내가 먼저 관리소를 이용하는 게 뭐가 잘못된 거지? 지금까지 늘 그래 왔다."

"알았어, 그럼 그냥 맞아."

이안이 성큼성큼 다가오자 테일란은 검을 내밀며 위협했다.

"다가오면 목에 구멍을 내 준다!"

"해 봐."

뒤로 주춤 물러나던 테일란은 이안이 빈손으로 아주 가깝게 다가오자 기회다 싶었는지 전력을 다해 검을 휘둘렀다.

"느려."

이안은 테일란의 검을 이리저리 가볍게 피해 낸 뒤, 주먹으로 테일란의 가슴을 때렸다.

터엉!

가슴을 중심으로 급속도로 퍼지는 통증에 테일란은 검을 놓치고 주저앉았다.

"수, 숨이 안 쉬어져."

"입 다물어, 혀 잘리기 싫으면."

이안은 발로 테일란의 얼굴을 냉정히 걷어찼다.

파앙!

큰 소리와 함께 테일란은 통로 벽 끝까지 쭈욱 밀려 났다.

얼굴이 피투성이가 된 테일란은 비틀거리며 일어섰다. 그는 다가오는 이안을 노려보며 외쳤다.

"너, 후환이 안 두렵냐!"

"어, 하나도 안 두려워. 입 꽉 다물어."

이안의 단단한 주먹이 연타로 테일란의 얼굴에 꽂혔다.

이가 부러지고 피가 튀었다.

쓰러지려는 테일란의 멱살을 잡고 이안은 그를 일으켜 세웠다.

"왜 사람이 말로 하면 들어 먹지를 않냐, 어? 넌 대체 좋은 집안에서 태어나 왜 개같이 사냐고, 이 시발 놈아."

"아, 아버지가 널…… 가만두지……."

"이 새끼가 아직도 정신을 못 차렸네?"

테일란의 멱살을 잡고 있던 이안은 업어치기로 그를 바닥에 내꽂았다.

빠직.

아물어 가던 테일란의 머리가 다시 깨졌다.

"너만 고집 있고 독한 줄 알지? 아니야, 십새야. 세상엔 나

같이 더 좆같은 새끼도 있다고."

테일란의 허리에서 빈 검집을 빼낸 이안은 그것을 몽둥이처럼 휘둘렀다.

"크아아악!"

전신에 쏟아지는 이안의 무자비한 매질에 독기를 품고 반발하던 테일란의 의지가 서서히 허물어졌다.

왕성에서 태어나 하고 싶은 대로 하며 살아온 그의 인생에 있어 오늘이 제일 수치스럽고 고통스러운 날이었다.

머리를 감싼 팔 사이로 구경을 하는 왕성 주민들이 보였다. 그들이 모두 그를 비웃는 것 같았다.

어느 누구 하나 그를 위해 나서 주는 자가 없었다.

"딱 한 번 기회를 준다. 꿇어."

이안이 매질을 멈추고 말했다.

테일란은 절대 무릎 꿇지 않겠다고 마음속으로 외쳤지만, 몸은 그의 마음과 반대로 움직였다.

정신을 차리고 보니 이안 앞에 무릎 꿇고 고개를 숙이고 있었다.

"사람들에게 사과해, 다시는 새치기 안 하겠다고."

"……"

"다시 시작할까?"

이안이 검집을 허공에 들자 테일란은 몸을 부들부들 떨며 억지로 말을 내뱉었다.

"미, 미안하다. 다시는 새치기 안 하겠다."

"똑바로 행동해. 너 잘나가는 귀족 집안 아들이라고 사람들이 대우해 주잖아. 그런 사람들 머리를 잘근잘근 짓밟고 지나가야 하겠냐?"

이안은 검집을 버리고 뒤돌아섰다.

그는 분수대로 다가가 피 묻은 손을 닦아 냈다.

눈치를 보던 테일란이 근처 바닥에 떨어져 있던 검을 주워 들고 벌떡 일어서더니 등을 보인 이안을 향해 돌진했다.

"죽어!"

사람들 앞에서 창피를 준 이안을 그대로 보내 줄 순 없었다. 기습을 가해서라도 죽이고 싶었다.

'찔렀다!'

테일란은 피 묻은 얼굴로 히죽 웃었다.

그의 검이 분수대 앞에서 손을 씻고 있는 이안의 등에 꽂힌 것이다.

그러나 기쁨도 잠시, 이안의 등에 꽂힌 줄 알았던 그의 검이 더 깊이 들어가지 못하고 옆으로 강하게 밀려 났다.

"다 했냐?"

차분한 목소리로 말을 하며 이안은 분수대 앞에서 뒤돌아섰다.

테일란은 기습이 실패한 두려움에 빠져 뒤로 주춤 물러나다 냅다 도망치기 시작했다.

"병사! 병사!"

병사들을 부르며 도망치던 그의 앞에 이안이 유령처럼 불쑥 솟구쳤다.

"허억!"

깜짝 놀란 테일란이 검을 휘둘렀다.

이안은 검을 피한 후 테일란의 손목을 부러트렸다.

"으아아악!"

덜렁거리는 손목을 내려다보며 비명을 지르는 테일란의 몸 주위를 번쩍이는 검광이 한차례 휘몰아쳤다.

철컥.

이안이 검을 회수해 검집에 넣었다.

아침부터 공들여 차려입은 테일란의 옷들이 수십 조각으로 변해 바닥에 쌓였다.

심지어 속옷까지 잘려 있었다.

한순간에 벌거숭이가 된 테일란은 몸을 웅크리며 어쩔 줄을 몰라 했다.

주위에 모여 있는 사람들이 그를 보고 크게 웃고 있었다.

수치심과 모멸감에 테일란은 죽고 싶은 심정이었다.

한편으로는 이안의 놀라운 검술 솜씨에 입안이 바짝 타들어 갔다.

검술 학교에서 그를 가르치는 교관들보다 훨씬 검술이 뛰어나 보였다.

"깔끔하지 못한 새끼. 그대로 사과하고 끝냈으면 좋잖아."

콰앙!

이안의 회전이 들어간 주먹에 뱃살이 회오리 모양으로 움푹 말려들어 간 테일란은 눈을 크게 뜨고 컥컥대다 침을 길게 흘리며 기절을 해 버렸다.

몸에 아무것도 걸치지 않은 적나라한 모습으로 바닥에 쓰러져 있는 그를 동정하는 사람은 아무도 없었다. 오히려 사람들은 통쾌해했다.

"어서 피하시오! 병사들이 곧 몰려올 거요."

줄을 섰던 사람들이 이안에게 소리쳤다.

아닌 게 아니라 반대편 통로에서 병사들 한 무리가 창을 들고 뛰어오고 있었다.

누군가 싸움 소식을 전한 것 같았다.

기절한 테일란을 잠시 내려다보던 이안은 관리소에서 돈을 거는 걸 포기하고 자리를 피했다.

여기 계속 있다간 싸움만 더 커질 뿐이다.

—그냥 모른 척하지 왜 또 일을 만든 거냐?

블란조르는 너무 즉흥적인 이안의 행동이 못마땅했다.

"눈에 거슬리는데 그럼 어떡해? 새치기가 얼마나 열 받는 일인 줄 알아?"

—피곤한 녀석.

"빌어먹을. 내가 피해자야. 저 자식 때문에 줄을 선 시간을 날려 버렸잖아. 츠토이쵸에게 돈도 못 걸고."

투덜거리며 4층으로 한걸음에 올라온 이안은 그에게 돈을 걸라고 한 턱수염 사내 옆에 조용히 자리를 잡고 섰다.

"언제 왔소?"

턱수염 사내는 기척 없이 옆에 선 이안의 등장에 깜짝 놀랐다.

"조금 전에요."

"츠토이쵸에게 돈은 걸고 왔소?"

"사정이 생겨서요. 다음에 걸어야겠습니다."

"에이, 오늘 틀림없이 우승한다니까 그러네. 뭐, 어쩔 수 없지."

턱수염 사내는 자신의 일처럼 아쉬워했다.

담담히 미소를 짓던 이안은 맞은편 경기장 2층을 응시했다.

그가 있는 4층 자리는 고관들이 앉는 2층 귀빈석이 정면으로 보였다.

1왕자와 기프리쥬가 2층 귀빈석으로 막 들어서고 있었다.

전차 경주

　많은 병사들에게 호위를 받으며 1왕자가 경기장 2층에 모습을 드러내자 수만 명의 관중으로 뜨거웠던 경기장의 열기가 한순간에 식었다.

　어느 누구도 전차 기수의 이름을 부르는 사람이 없었다.

　1왕자 한 명이 수만 명의 관중을 압도하는 모양새였다.

　경기장은 왠지 모를 긴장감이 흐르기 시작했다.

　"왕자님이 왜 온 거지? 불안하게."

　사람들은 갑작스러운 1왕자의 방문을 기뻐하기는커녕 어떤 사건이 벌어지지 않을까 두려워했다.

　1왕자와 관련된 워낙 흉흉한 소문들이 많이 떠돌아다녔다.

맹수들에게 사람을 먹잇감으로 던져 주고 그들이 잡아먹히는 모습을 즐기며 술을 마시고, 그의 옷자락을 밟은 귀족의 집안을 멸문시켜 그 재산을 빼앗고, 외국에서 온 사신이 건방지다 해서 기름에 튀겨 죽이고, 심지어 어린아이의 피를 뽑아 술과 섞어 마시는 취미까지 있다는 그런 종류의 소문들이다.

'1왕자가 정말 인기가 없긴 하군.'

경기장 분위기를 몸으로 직접 느낀 이안은 멀리 2층 귀빈석에 착석한 1왕자와 기프리쥬를 응시하다 경주장 동쪽 출입구를 향해 고개를 돌렸다.

윤기가 흐르는 흑마 네 마리가 끄는 이륜 전차가 천천히 출입구를 통과해 흙이 깔린 경주장 안으로 입장하고 있었다.

'멋진데?'

잘 훈련된 말들은 마치 한 몸처럼 앞발과 뒷발을 딱딱 맞춰 2층 귀빈석 근처의 출발선으로 향했다.

보통 때 같으면 관중이 흥분한 목소리로 기수의 등장에 환호했겠지만 오늘은 달랐다.

분위기가 아주 차분했다.

이륜 전차 기수들이 연이어 등장해 계속 입장했다.

출전하는 전차는 모두 여덟 대, 기수들도 여덟 명이다.

1왕자가 왔다는 소식을 전차 기수들도 접했는지 다른 때와 달리 관중에게 소리치고 손을 흔드는 행위를 하지 않았다.

그렇다 보니 경기장은 더욱 분위기가 가라앉았다.

출발선에 건강하고 전투적인 네 마리 말이 이끄는 화려한 이륜 전차 여덟 대가 나란히 멈춰 섰다.

이들은 타원형의 경주로를 20바퀴 돌아 우승자를 가린다.

경주로 중앙엔 경주로를 벗어나 경기장을 가로지르지 못하게 일정한 간격으로 나무 기둥이 이중으로 박혀 있었다.

그 나무 기둥 안쪽으로 전차가 들어가면 실격이다.

'곧 시작하겠군.'

시작을 알리는 붉은 깃발을 든 사람이 등장했다.

전차 경주의 시작을 알리는 붉은 깃발을 든 남자는 긴장한 눈빛으로 계단을 걸어 올라갔다.

2층 귀빈석을 둘러싼 병사들의 장막을 지나치자 의자에 앉아 있는 1왕자가 보였다.

"승리의 깃발을 주려고 오는군요."

옆에 같이 앉아 있던 기프리쥬의 말에 1왕자는 고개를 끄덕이며 자리에서 일어났다.

전차 경주의 시작을 선언하는 승리의 깃발은 전통적으로 현장에 참석한 제일 높은 신분의 사람이 흔들었다.

1왕자가 왔으니 오늘의 주인공은 그다.

"왕자님."

전차 경주를 총책임지는 남자가 한쪽 무릎을 꿇고 두 손으로 깃발을 바쳤다.

1왕자는 손을 뻗어 깃발을 붙잡았다.

황금 칠이 된 봉 위에 전차 그림이 수놓아진 붉은 깃발이 바람에 펄럭였다.

잠시 깃발을 응시하던 그는 귀빈석 앞쪽에 만들어진 단상으로 뚜벅뚜벅 걸어갔다.

이안은 팔짱을 낀 채 단상에 올라서는 1왕자를 바라보았다.

거리가 멀었지만 1왕자의 분위기가 그대로 전해졌다.

1왕자는 오만한 눈빛으로 넓은 경기장을 천천히 둘러보고 있었다.

관중의 시선이 모두 단상 위의 1왕자에게 집중됐다.

"경기장이 원래 이렇게 숨 막히도록 조용한 곳인가!"

1왕자는 경기장 분위기가 마음에 들지 않았는지 깃발을 흔드는 대신 큰 목소리로 사람들을 질책했다.

"그렇다면 좋다! 이따위 경기장이 왜 필요한가! 폐쇄해 버리겠다!"

충격적인 선언에 관중의 입이 딱 벌어졌다.

왕성의 경기장은 수백 년간 단 한 번도 문을 닫은 적이 없었다. 그 일을 1왕자가 하겠다는 것이다.

"오늘 이륜 전차 경주도 당연히 없을 것이다!"

계속된 날벼락 같은 말에 관중은 손으로 머리를 감싸며 이 것이 현실이 아니길 바랐다.

웅성대는 관중을 둘러보던 1왕자는 다시 한번 목소리를 높였다.

"경기장에 계속 오고 싶은가! 오늘 전차 경주를 보고 싶은 가!"

"그렇습니다!"

"좋다! 그럼 마지막 기회를 주겠다! 내 귀가 멀도록 환호 하라!"

1왕자가 자신의 귀를 가리키며 소리치자, 그 순간 수만 명 의 관중이 일제히 고함을 질러 댔다.

그들에게 있어 경기장 없는 삶은 상상조차 할 수 없었기에 무슨 수를 쓰든 1왕자의 마음을 되돌려야 했다.

그것이 그들을 자극해 한마음으로 뜨거운 목소리를 내게 했다.

"와아아아아!"

"더! 더! 더!"

1왕자가 주먹을 흔들며 넓은 관중석을 돌아봤고, 사람 들이 내뱉는 함성 소리는 왕성에 가득 퍼질 정도로 거대해 졌다.

"그래! 이것이다! 크하하하하!"

단상 위에서 크게 웃던 1왕자는 몸을 살짝 숙여 아래를 내려다봤다.

전차 기수들이 고개를 들어 그를 응시하고 있었다.

"달려라!"

1왕자가 붉은 깃발을 힘차게 좌우로 흔들었다.

여덟 대의 이륜 전차들이 폭발적으로 나아가기 시작했다.

두두두두두.

32마리의 말이 구름 같은 흙먼지를 일으키며 경주로를 빠르게 달려갔다.

히히히힝!

초반 선두 자리를 차지하기 위한 전차 간에 경쟁이 치열해 전차와 전차가 부딪히는 장면이 끊임없이 연출됐다.

"힘내라, 츠토이쵸!"

이안의 옆자리에 서 있던 턱수염 사내는 코너를 돌고 있는 갈색 이륜 전차를 응원하며 고래고래 소리를 쳤다.

2년 만에 우승을 노리는 츠토이쵸가 근소하지만 1위로 앞서고 있었다.

'정말 우승하는 건가?'

1왕자가 협박을 통해 뚫어 놓은 경기장의 열기는 점점 고조되고 있었다.

이안은 말채찍을 휘둘러 경쟁 기수를 후려치는 츠토이쵸

를 잠시 응시하다 시선을 단상으로 옮겼다.

1왕자는 깃발을 흔든 뒤에도 단상에 남아 경주를 보고 있었다.

'관중을 협박해 분위기를 돌려놓다니……'

쉽게 생각할 수 없는 파격적인 행동이다. 영리하기도 하고.

경주는 중반으로 접어들었다.

앞서거니 뒤서거니 하며 경쟁을 하는 전차들이 1위 자리를 다투는 검은색 전차와 갈색 전차를 바짝 뒤따르고 있었다.

"으아아악!"

검은색 전차와 1위 자리를 두고 경쟁하던 갈색 전차의 바퀴가 돌연 부서지며 허공으로 솟구쳤다.

츠토이쿄의 전차다.

"안 돼!"

이안의 옆에서 턱수염 사내가 비명 섞인 고함을 내질렀다.

츠토이쿄는 관중석 방향으로 튕겨졌고, 허공으로 솟구쳤던 갈색 전차는 뒤집어져 땅에 처박혔다.

콰다다다다.

뒤따라오던 전차들이 땅에 처박힌 갈색 전차를 피하기 위해 급히 관중석 방향으로 진로를 바꾸었고, 불행히도 그곳엔 낙하한 츠토이쿄가 누워 있었다.

중년의 기수 츠토이쵸는 다리가 부러져 피하지도 못하고 누운 상태로 그대로 전차와 충돌했다.

퍽퍽퍽 우저적.

말발굽에 얼굴이 짓밟히고 가슴뼈가 부러진 츠토이쵸는 죽었는지 살았는지 미동도 하지 않았다.

전차가 지나가자 사람들이 들것을 들고 달려와 츠토이쵸를 싣고 재빨리 경주로에서 벗어났다.

지체했다가는 빠르게 경주로를 돌고 있는 전차와 부딪힐 수 있었다.

우우우우우.

츠토이쵸에게 판돈을 건 일부 관중은 들것에 실려 가는 그를 향해 야유를 퍼부었다.

"젠장! 내 돈!"

츠토이쵸에게 돈을 걸라고 이안에게 권했던 턱수염 사내는 분한 표정을 지으며 들것에 실려 가는 츠토이쵸를 지켜봤다.

그는 돈을 아까워하면서도 야유는 하지 않았다. 대신 안타까워하는 말투로 중얼거렸다.

"아마 몇 년 후 복귀전에선 꼭 우승할 거요. 그때 돈을 거시오."

"그럴까요?"

이안은 담담히 대꾸하며 경주장으로 시선을 돌렸다.

전차 한 대가 또 박살이 났다.

이륜 전차 경주는 아주 거친 시합이었다.

2층 귀빈석 뒤쪽에 서서 단상 위에 있는 1왕자에게 신경을 집중하고 있던 빌로프는 부관의 귓속말에 얼굴 표정이 일그러졌다.

"그놈 지금 어디 있어?"

"바로 아래층에 있습니다."

전차 경주를 관람 중인 1왕자를 잠시 지켜보던 빌로포는 몸을 돌려 재빨리 아래층으로 뛰어 내려갔다.

아래층으로 내려가는 계단은 그의 병사들이 줄지어 2열로 지키고 있었다.

"이곳입니다, 부사령관님."

빌로프는 대기실로 쓰이는 1층의 한 방으로 들어갔다.

아들이 왕성 수비군 소속의 치료사에게 치료를 받고 있었다.

"아버지."

손목이 부러지고 얼굴이 퉁퉁 부은 테일란은 화난 아버지의 표정에 놀라 몸을 움츠렸다.

"사람들 앞에서 옷을 벗고 있었다고? 네가 미친 거냐?"

"그, 그게 아니라요. 그 자식이 검으로 제 옷을 모두 잘라 버렸습니다. 제가 벗은 게 아니고요."

"닥쳐!"

빌로프는 커다란 손으로 아들의 뺨을 후려쳤다.

의자에 앉아서 손목 치료를 받던 테일란이 중심을 잃고 바닥에 넘어졌다.

"거기에다 무릎까지 꿇었다고? 네놈이 집안 망신을 있는 대로 다 시키는구나!"

부관을 통해 간략하게 전후 사정을 보고받은 빌로프는 의자를 들어 아들의 머리를 내려찍었다.

와자작.

머리의 상처가 더 벌어지며 피가 솟구쳤다.

테일란은 머리에서 흘러내리는 피를 손바닥으로 막으며 울음 섞인 말을 토해 냈다.

"그렇게 하지 않았으면 저는 죽었을지도 몰라요."

"차라리 그냥 죽었어야지. 넌 가문의 이름을 더럽히고, 내 이름까지 더럽혔다."

왕성 수비군 사령관직을 노리고 있는 그는 아들 때문에 자신의 명성이 바닥으로 떨어지는 것을 원치 않았다.

"조용히 술집에나 처박혀 있던지 할 것이지, 감히 1왕자님을 모시고 온 경기장에서 이런 사고를 쳐?"

"제가 뭐 이럴 줄 알았어요?"

"뭐야?"

빌로프는 검을 뽑아 아들의 목에 가져다 댔다.

차가운 검날의 감촉에 테일란은 놀라 딸꾹질을 해 댔다.

"아, 아버지, 저, 아버지 아들이에요."

"내 앞날을 가로막는 놈들은 그게 내 아들이라도 용서할
수 없다. 이 자리서 널 죽이겠다."

눈이 불타오르고 있는 아버지의 모습에 테일란은 더듬거
리며 애원했다.

"아버지, 살려 주세요. 제가 일부러 그런 게 아니에요. 전
그저 새치기 한 번 한 것뿐이라고요. 그런데 그놈이 기다렸
다는 듯이 꼬투리를 잡고 시비를 건 거예요. 절 망신 주기
위해서요. 그놈이 바로 왕성 남문에서 절 괴롭힌 놈이라고
요. 아버지, 열심히 검술을 배우겠습니다. 딱 한 번만 봐주
세요."

"멍청한 놈."

기개 없는 아들의 모습에 실망한 빌로프는 검을 회수했다.

"당장 집으로 돌아가!"

"죄송합니다, 아버지."

죽다 살아난 테일란은 숨을 크게 들이마시며 안도했다.

무거운 표정으로 대기실을 나온 빌로프는 2층으로 올라갔
다.

부관이 뒤를 따르며 말했다.

"부사령관님, 병사들을 풀어 후드 입은 젊은 자를 찾아볼까요?"

"그런 자가 한두 명이냐? 그리고 옷이야 아무 때나 갈아입을 수 있다. 괜히 구설수만 더 퍼뜨리는 꼴이야."

빌로프는 겁 없이 아들을 저 지경으로 만든 자가 누구인지 정말 궁금했다.

아니, 무슨 수를 쓰든 찾아내 목을 잘라 버리고 싶었다.

아들을 저리 만든 건 곧 그와 그의 가문을 무시하는 행동이기 때문이다.

'대체 어떤 놈이 겁 없이 날뛰는 걸까?'

그의 이마에 주름이 깊어졌다.

결승선을 제일 먼저 통과한 검은색 전차 기수는 환하게 웃으며 경기장을 천천히 한 바퀴 돌았다.

"칼라오스! 칼라오스!"

우승자의 이름을 수만 관중이 연호하며 그를 영웅처럼 떠받들었다.

다른 기수에게 돈을 걸고 잃은 사람들도 이때만큼은 다 함께 전차 경주의 우승자를 축하해 줬다.

'여덟 대 중 세 대가 망가졌군.'

우승자가 경기장을 천천히 도는 동안 함께 경쟁했던 다른 전차들은 쓸쓸히 경기장을 벗어나고 있었다.

그나마 멀쩡한 모습으로 퇴장하는 전차는 네 대밖에 없었다. 나머지 세 대는 경주 도중 사고를 당해 말과 사람이 다치거나 전차가 부서졌다.

"우승 상금은 얼마나 됩니까?"

이안의 물음에 박수를 치며 우승자의 이름을 외치던 턱수염 사내가 답했다.

"3천 금화요. 게다가 우승 기념품으로 황금이 섞인 전차 조각상이 주어지지."

"그렇군요."

우승자의 전차가 2층 귀빈석 아래에 멈춰 서는 것을 보며 이안은 고개를 끄덕였다.

1왕자가 시상을 하려는 것 같았다.

2층 귀빈석에서 1층으로 내려온 1왕자는 병사들이 방패와 창을 들고 도열한 길을 지나쳐 전차 앞에 서 있는 칼라오스에게 다가갔다.

칼라오스는 갈색 피부에 키가 아주 작은 젊은 남자였다. 그래서 그는 보통 난쟁이 칼라오스로도 불렸다.

"왕자님을 뵈옵니다!"

불리한 신체적 조건을 뛰어넘어 험한 전차 경주에서 우승한 그는 한쪽 무릎을 꿇고 1왕자에게 고개를 숙였다.

"이름이 칼라오스라고?"

"그렇습니다!"

"그 작은 키로 어떻게 전차 기수가 될 생각을 했지? 말을 통제하는 것도 쉽지 않았을 텐데."

"하루도 쉬지 않고 마구간에서 같이 잠을 자고 훈련을 했습니다!"

칼라오스는 감히 1왕자의 얼굴을 정면으로 응시하지 못하고 바닥을 보며 큰 목소리로 답했다.

땀과 흙먼지로 더러운 칼라오스의 얼굴을 잠시 내려다보던 1왕자는 옆으로 손을 내밀었다.

그러자 경주를 주관하는 책임자가 공손히 황금이 섞인 이륜 전차 조각상을 건넸다.

팔뚝만 한 길이의 조각상은 황금빛으로 눈부셨다.

"일어나라."

1왕자의 말에 칼라오스는 조심스럽게 몸을 일으켜 세웠다.

"우승을 축하한다."

"감사합니다, 왕자님!"

칼라오스가 양손으로 묵직한 조각상을 받아 든 순간, 조용히 지켜보던 관중이 일제히 환호했다.

"와아아아! 칼라오스! 칼라오스!"

예선전을 거치며 주목을 받던 그는 급기야 첫 출전한 큰 경기에서 우승까지 한 것이다.

새로운 영웅의 출현에 수많은 사람들이 열광했다.

"칼라오스."

"예! 왕자님!"

"네가 모는 전차를 타고 왕궁으로 돌아가고 싶다. 그래 줄 수 있느냐?"

뜻밖의 요구에 크게 놀란 난쟁이 칼라오스는 말을 더듬었다.

"제, 제가 말입니까?"

"그렇다. 왜, 싫은가?"

"아닙니다. 영광입니다, 왕자님! 준비하겠습니다!"

칼라오스는 전차로 뛰어가 말을 살폈다.

그 모습을 잠시 바라보던 1왕자는 뒤돌아서서 기프리쥬에게 말했다.

"외숙부, 저는 이자의 전차를 타고 궁으로 돌아가겠습니다. 외숙부께선 제 마차를 타고 집으로 가십시오."

"현명하신 판단입니다. 이런 격의 없는 모습을 저들은 좋아할 겁니다."

기프리쥬는 미소를 지었다. 1왕자에 대한 왕성 주민들의 거리감을 좁히는 데 도움이 될 것이다.

"이건 연극이 아닙니다. 내가 하고 싶어서 하는 겁니다."

"물론이지요."

"다음에 볼 땐 건강해진 모습을 기대하겠습니다."

1왕자는 칼라오스의 전차에 올랐다. 그 모습에 관중의 환호성이 더 커졌다.

"송구하오나 몸의 중심을 잡으시려면 잡을 곳이 필요한데 마땅치 않습니다."

"네 어깨를 잡으면 되겠지?"

"예, 왕자님, 그리하시는 게 좋을 것 같습니다."

칼라오스는 신이 난 얼굴로 전차를 출발시켰다.

왕자가 칼라오스의 전차를 타고 경기장 안을 도는 모습에 수만 관중은 흥분한 얼굴로 1왕자의 이름을 연호했다.

"트웰! 트웰! 트웰!"

1왕자는 한 손을 들어 연호하는 관중에게 화답했고, 잠시 뒤 칼라오스가 모는 전차는 경기장을 벗어나 도시 거리로 향했다.

대기 중인 수백의 기병들과 빌로프는 전차를 앞서지 않고 뒤를 따랐다.

넓은 대로를 따라 전차와 수백의 기병들이 달리는 모습은 장관이었다.

"아주 신이 났군."

벨로린 원형 경기장의 제일 높은 꼭대기에 서서 점차 멀어지는 1왕자 행렬을 지켜보던 이안은 고개를 약간 돌려 왼쪽을 내려다봤다.

기프리쥬가 탄 1왕자의 마차가 막 경기장을 벗어나고 있었다.

"우승자의 전차를 타고 갈 생각을 하다니, 정말 거침이 없는 사람이군. 계획된 건 아닌 것 같은데 말이야."

1왕자가 전차를 탈 때 병사들이 어수선하게 움직이는 것을 봤다.

기병들도 마차가 있는 곳이 아닌 전차 출구로 급히 움직였다.

준비된 일정이 아니었다.

이안은 쏟아져 나오는 수만 관중을 경기장 꼭대기에서 내려다보다가 워프를 발휘해 한 번에 먼 거리를 이동했다.

워프를 몇 차례 발휘하자 어느새 기프리쥬의 저택 근처였다.

한동안 기다리자 저 멀리서 기프리쥬가 탄 마차가 보였다.

마차에서 내린 그는 기침을 심하게 하며 집 안으로 들어갔다.

"저 자식은 약을 만드는 과정 중에 얼마나 많은 사람들이 죽고 피해를 받았는지 신경이나 쓸까? 샨크가 로벨롱 영지에 피해를 준 건 전혀 생각도 안 하겠지?"

미로 동굴에서 목이 잘린 상태로 한스럽게 울며 죽은 샨크를 이안은 평생 못 잊을 것 같았다.

식인 괴물로 만들어진 평범한 광부의 끝은 그렇게 끔찍하고 잔인했다.

완성된 약이 백 개라고 했으니, 백 명의 식인 괴물들이 언제든 활개치고 다닐 수 있는 것이다.

가령, 그들 중 반만 대영주 진영의 영지 곳곳에 풀어놓아도 걷잡을 수 없는 혼란으로 대영주는 큰 타격을 받을 것이다.

약을 가지고 오는 흑마법사만 아니었어도 그는 기프리쥬를 벌써 때려죽였을 것이다.

"빌어먹을 자식."

도박장 지하 회의실에서 지그시 눈을 감고 있던 콰딘은 슬며시 눈을 떴다.

앞에 작은 상자가 보였다.

뚜껑을 열자 보석에서 흘러나온 광채가 그의 눈을 자극했다.

"너무 아까운데. 괜한 청부를 맡겼나?"

사탕집 문제로 억울하게 빼앗긴 돈만 2만 금화다. 말이 2만 금화지 그 돈을 벌려면 술집과 도박장을 얼마나 열심히 굴려야 하는지 모른다.

그런데 이제 빌로프 일로 1만 금화를 또 지출하게 생겼다.

돈을 물처럼 사용해도 걱정이 없다면 모를까, 이것은 그에게도 적지 않은 부담이다.

심란한 표정으로 그는 보석 상자의 뚜껑을 닫았다.

그냥 없던 일로 할까도 싶었지만, 또 생각해 보니 지금이 아니면 언제 이안 같은 강자를 만나 청부를 맡길지 장담할 수 없었다.

빌로프에게 쌓인 것도 많았고.

"젠장, 2만 금화나 뜯어 갔으면 이번 일은 싸게 해 줄 수도 있잖아."

자리에 없는 이안을 욕하던 그는 회의실 문을 벌컥 열고 들어오는 이안을 보고는 즉시 입을 닫았다.

"뭘 그렇게 심각한 얼굴로 앉아 있어?"

이안은 콰딘 옆에 털썩 주저앉았다.

"아, 목마르다. 가서 술 좀 가져오라고 해."

"말이 지나치군. 내가 당신 부하요?"

"이 새끼가 왜 눈을 부라리고 그래? 돈 줄게, 자식아."

이안은 품에서 은화 한 개를 꺼내 회의실 탁자에 올려놨다.

"됐지?"

"내게 뜯어 간 돈이 2만 금화인데 고작 은화 한 개를 주고 술을 가지고 오라는 거요?"

이안은 콰딘의 얼굴을 빤히 들여다보다가 천천히 품 안에서 은화 한 개를 더 꺼냈다.

"이제 됐냐?"

"겨우 은화 두 개로……."

"적당히 해, 새끼야!"

이안이 손을 머리 위로 올리자 콰딘은 움찔하며 의자를 뒤로 뺐다.

"대충 아무 술이나 가져와. 누가 비싼 술 가지고 오라고 했나."

"여긴 내 구역이오. 날 존중해 주시오."

"뭐? 아니, 근데 이 자식이 들어올 때부터 날 똥 씹은 표정으로 쳐다보더니, 머리가 쳐돌았나."

이안은 자리에서 일어났다.

"청부를 맡아 달라고 사정사정해서 아까운 시간 쪼개서 왔더니 뭔 개수작이야, 지금?"

"아무것도 아니오."

퉁명스럽게 대꾸한 콰딘은 의자에서 일어나 회의실 문을 열고 외쳤다.

"도박장에서 가장 싸구려 술을 가져와!"

그는 자리로 돌아와 서 있는 이안에게 말했다.

"술은 곧 올 거요."

이안은 어이가 없었는지 헛웃음을 흘리며 의자에 앉았다.

"너 지금 돈 때문에 그러는 거야?"

"2만 금화를 달라고 요구해도 군말 없이 줬소. 그 정도면 이번 청부는 내 사정을 봐줘도 될 텐데, 너무 당신 욕심만 채우는 거 아니오?"

"내 욕심? 너, 내가 진짜 욕심을 부리면 어떻게 되는지 보여 줄까?"

낮게 깔린 이안의 차가운 목소리에 콰딘은 자신도 모르게 침을 꿀꺽 삼켰다.

"머리부터 발끝까지 홀라당 벗겨서 네가 가진 재산 전부를 탈탈 털어 낼 수도 있어. 그렇게 만들어 줘?"

콰딘은 왠지 이안이라면 그러고도 남을 것 같다는 생각이 들었다.

"니가 만약 가난한 사람이었다면, 이 은화 한 개로도 청부를 받았을지 몰라. 근데 아니잖아. 넌 시발 놈아, 돈 많은 새끼잖아. 그래, 안 그래?"

"……조금 그렇소."

"이걸 확!"

이안이 허리에 찬 검에 손을 올리자, 깜짝 놀란 콰딘이 허둥대며 회의실 문을 열고 외쳤다.

"도박장에서 가장 비싼 술을 가지고 와! 어서!"

이안을 괜히 자극했다는 생각에 콰딘은 후회했다.

세상엔 건드려서 될 자가 있고 건드리면 안 되는 자가 있다.

오랜 밤거리 생활로 터득한 본능이다.

이안에게 2만 금화를 순순히 내준 것도 그런 본능이 작용한 덕이다. 그런데 오늘 자칫 큰 실수를 할 뻔했다.

"돈 아까우면 말해, 없던 일로 할 테니까."

"내가 잠시 실수했소. 이해해 주시오."

"내가 이래서 선불로 받으려고 한 거야. 딴소리하는 놈들이 꼭 있거든."

이안은 괴물을 죽인 보상 문제로 샤르엘과 잠시 말다툼을 벌였던 일을 떠올리며 말했다.

"여기 청부금이오."

콰딘은 이안의 입에서 다른 소리가 나오기 전에 준비한 보석 상자를 서둘러 건넸다.

딸깍.

보석 상자의 뚜껑을 열어 내용물을 확인한 이안은 상자를 가방에 넣었다.

"계약은 성립됐다."

"고맙소. 빌로프는 언제 손봐 줄 거요?"

"조만간에."

그들은 회의실에 술이 들어오자 잠시 대화를 멈췄다.

이안이 느끼기에 이번 일은 콰딘이 부하들도 눈치채지 못하게 은밀히 진행하는 느낌이었다.

콰딘의 부하가 고급스러운 유리병에 담긴 술을 놓고 나가자 이안은 잔에 술을 콸콸콸 부었다.

'냄새가 괜찮군.'

술을 따르며 올라오는 은은한 주향이 나쁘지 않았다.

"빌로프에 대해 말해 봐. 내가 참고할 만한 것들 위주로 해서."

"그는 아시다시피 왕성 수비군 부사령관이오. 그의 가문은 대대로 왕성 수비군에 고위직을 배출해 왔소. 하지만 부사령관직에 오른 건 빌로프가 처음이오. 그는 가문과 자신의 명예를 굉장히 소중히 생각하고 있소. 그의 부인은 왕실 도서관 관장의 딸인 데시아요. 아주 과시욕 넘치는 여자지. 아들이 한 명 있는데, 그놈은 문제요. 특히, 환락가 술집에서 몇 번 문제를 일으켜서 그때마다 내가 나서서 조용히 무마시켰소."

"테일란이라는 녀석이지?"

"그놈을 아시오?"

"아니, 뭐 이야기를 들은 것 같아서."

이안은 담담히 말하며 술을 들이켰다.

"오늘도 그 녀석이 큰 사고를 쳐서 왕성 내에 벌써 소문이 파다하게 퍼졌소. 판돈을 걸려고 관리소에서 새치기를 하다 후드를 쓴 사람에게 신나게 맞았다나 뭐라나. 옷까지 벗겨지고."

잘됐다는 듯 웃으며 말을 하던 콰딘의 표정이 서서히 굳어졌다. 그러고 보니 눈앞에 이안의 복장도 후드다.

"설마 당신이?"

"헛소리 말고 하던 얘기나 마저 해."

"험, 아무튼 뭐 집안은 그렇고, 빌로프는 주로 수비군 사령부로 출근을 해서 업무를 보고 저녁 무렵에 집으로 가오. 때때로 도시를 감싼 붉은 성곽을 야밤에 불시에 순찰해 병사들을 긴장시키는 짓도 자주 하지."

"일은 열심히 하는 자군."

이안은 피식 웃으며 술잔을 비웠다.

"그게 다 1왕자에게 잘 보이려는 속셈이오. 그는 사령관 자리를 탐내고 있으니까."

콰딘은 자신이 아주 잘 알고 있다는 듯 콧방귀를 뀌며 빌로프를 깎아내렸다.

"그리고 이틀에 한 번꼴로 궁에 들어가 외궁에 거처가 있는 1왕자를 만난다고 들었소. 아마 왕자가 사령관이라서 보고를 하는 것 같소."

"그렇군. 사령부와 궁이라……. 가끔 성곽을 순찰하고 말이지."

빌로프의 동선이 대충 그려졌다.

유리병 안에 든 술을 짧은 시간 만에 모두 비운 이안은 의자에서 일어났다.

"조만간에 청부는 완료될 거야. 그렇게 알고 있어."

"사정없이 두들겨 패 주시오. 내 1만 금화가 아깝지 않게."

콰딘은 차가운 눈빛으로 말했다.

잠시 콰딘을 바라보던 이안은 고개를 끄덕였다.

"걱정 마. 대신 내 존재는 어디 가서 입도 뻥끗하지 마, 후회하게 될 테니까."

"내가 미쳤다고 당신 이야기를 떠벌리고 다니겠소? 나도 관련이 된 이야기인데. 당신이나 빌로프에게 당하지 말고 조심하시오. 그자는 홀로 수백 명의 수비군 병사들을 연습 상대로 삼아 가볍게 이기는 무서운 실력자니까."

"그 말을 들으니까 왠지 기대가 되는군."

이안의 입가에 한 줄기 진한 미소가 어렸다.

붉은 알약

　이리아니강의 남쪽 지류를 타고 올라온 여객선 한 척이 출
렁이는 물살을 뚫고 항구에 막 닻을 내렸다.
　항구는 수많은 사람들과 배들로 혼잡했다.
　"하선하시오!"
　발판이 내려지고 사람들이 차례로 선착장에 발을 디뎠다.
　로브로 전신을 가린 보혜샨은 고개를 들어 멀리 시선을 뒀
다.
　푸른 하늘 아래 웅장한 붉은 성곽 도시가 빛을 내며 서 있
었다.
　왕의 도시, 벨로린 왕성이다.
　"드디어 도착했군."

언뜻 미소를 보인 그녀는 뒤를 돌아봤다. 한 걸음 뒤에 모딜이 흐릿한 눈빛으로 서 있었다.

'결국 저 녀석 하나만 남았군.'

그녀의 수발을 들던 제자들은 더 이상 없다. 하지만 아쉽지 않았다. 제자들을 모두 다 합해도 모딜의 발가락 하나만 못했다.

'이 녀석을 이길 자가 있을까?'

고대 몬스터의 능력과 흑마법의 힘이 결합된 모딜은 인간의 능력을 초월한 존재가 됐다.

기프리쥬와 거래를 위해 만든 완성된 백 개의 약은 모딜과 비교하면 하찮은 약일 뿐이다.

보헤샨이 움직이자 모딜도 일정한 거리를 유지하며 그녀 뒤를 따라갔다.

사람들과 상선에서 내린 짐들로 혼잡한 넓고 긴 선착장을 벗어나 그들은 항구 마을 거리로 향했다.

항구가 워낙 거대하고 유동 인구도 많기 때문에 항구 마을도 제법 번성해 있었다.

항구 마을 거리는 뱃사람들과 상선을 타고 움직이는 상단의 무리로 시끄럽고 활기찼다.

독특하게도 항구와 항구 마을의 치안은 왕성 수비군이 아닌 왕실 함대 소속의 해군 병력이 맡고 있었다.

3왕자 바조의 힘이 절대적으로 미치는 곳이다.

"방 두 개 주시오."

항구 마을 외진 곳의 허름한 여관으로 들어간 보헤샨은 모딜을 자신의 옆방에 머물게 했다.

끼이이익.

문을 열고 방 안으로 들어가자 귀에 거슬리는 삐걱거림이 그녀의 작은 발에 전달됐다.

걸을 때마다 나무로 된 바닥이 부서질 듯 요란하게 소리를 냈다.

"이놈의 여관은 도대체 3년 전이나 지금이나 똑같군. 손님 생각은 전혀 하지 않아."

지어진 지 수백 년이나 된 오래된 여관은 마치 그 생명이 다할 때까지 돈을 투자하지 않고 끝까지 투숙객만 받으려는 것 같았다.

3층 여관 창문을 열어 왕성 방향을 바라보던 그녀는 품 안에서 손바닥만 한 검은 상자를 꺼냈다.

그 안에는 괴물을 만드는 피처럼 붉은 알약이 백 개나 들어 있었다.

"이제 그가 오기를 기다리면 되겠어."

"해가 지고 있네."

가방에서 빵을 꺼내 조금씩 뜯어 먹던 이안은 유리창 너머로 보이는 붉은 노을을 감상했다.

태양이 피를 토하듯 세상에 뿌려 놓은 강렬한 붉은 빛깔은 지켜보는 사람의 얼굴도 붉게 물들이고 있었다.

"밤이 돼서야 움직이려나?"

기프리쥬의 3층 창고 방에 앉아 노을을 감상하며 빵을 먹던 이안은 목이 막혔는지 컥컥대며 가방에서 물을 꺼내 마셨다.

"아직도 움직일 기미가 안 보여?"

이안의 물음에 3층 바닥을 머리부터 뚫고 올라온 블란조르가 고개를 끄덕였다.

기프리쥬가 있는 2층 침실은 3층 창고 방에서 가까워 블란조르가 이안 대신 유령처럼 들어가 그의 동태를 파악해 오고 있었다.

─그는 하녀가 가지고 온 저녁을 침실에서 먹고 있다.

"팔자 좋네. 아프면서도 꼬박꼬박 식사는 제때 챙기고."

아침, 점심, 저녁.

하루 세끼를 기프리쥬는 챙겨 먹었다.

여전히 기침이 심하고 손수건에 피도 묻혔지만, 어제 1왕자의 방문이 힘이 됐는지 그는 기침을 하면서도 음식을 꾸역꾸역 먹었다.

"난 하루 웬종일 빵만 먹고 있는데."

손에 든 빵을 다 먹은 이안은 팔베개를 하고 창고 방에 누웠다.

적당히 배가 차자 슬슬 졸음이 밀려왔다.

"한숨 잘까, 졸려 죽겠는데."

혹시 몰라 이른 새벽부터 감시에 들어갔던 이안은 하품을 하며 눈물을 찔끔 흘렸다.

왕성에 온 후 검 수련을 제대로 못 했기 때문에 몸이 간질간질해진 이안은 참을 수 없었다.

그래서 어젯밤에는 콰딘에게 청부금을 받은 후, 왕성 밖 숲으로 가 밤늦도록 블란조르와 대련을 했다.

덕분에 블란조르의 검에 스무 번 정도 죽는 체험을 한 이안은 심신이 고갈된 상태에서 잠을 자다 새벽 일찍 일어나 이곳까지 달려왔다. 피곤할 수밖에 없었다.

팔베개를 하고 누운 이안은 금세 잠이 들었다.

블란조르는 단잠을 자는 이안을 한동안 내려다보다 노을이 사라진 어두운 하늘을 올려다봤다.

황실 점성술사가 예언했던 그의 운명의 별이 보였다.

저 별과 그는 공동 운명체다.

저 별이 사라지면 그는 영원한 안식에 들어간다.

단검 안에 갇혀 그 시간이 어서 오기를 기대했지만, 이안을 만난 후로는 별이 너무 빨리 그 빛을 잃고 있다고 생각했다.

아직 그는 할 게 많다. 이안에게 해 주지 않은 말도 있었고.

블란조르를 믿고 폭 잠을 잔 이안은 다시 지루한 기다림을 계속 이어 갔다.

하녀들이 복도의 불을 끄자, 저택이 고요해졌다.

밤이 깊어갔지만 기프리쥬는 침실에서 벗어나지 않고 있었다.

이안은 포기하지 않고 묵묵히 그가 움직이기를 기다렸다.

그리고 마침내 기프리쥬의 집 안 사람들이 모두 잠에 빠져 있을 시각, 침대에 잠을 자는 듯 누워 있던 기프리쥬가 눈을 번쩍 떴다.

그는 침대에서 내려와 어두운 빛깔의 옷을 입고, 얼굴을 후드로 가렸다.

장검까지 허리에 찬 그는 조용히 집을 빠져나와 거리로 향했다.

"어느 여관으로 갈까?"

높은 건물의 지붕 위에 서서 기프리쥬를 감시하던 이안은 차가운 미소를 지었다.

기프리쥬는 뒤따라오는 사람이 없는지 뒤를 확인하며 다

소 복잡해 보이는 골목길을 돌다가 갑자기 빠르게 달리기 시작했다.

미행자가 있어도 복잡한 골목길에서 기프리쥬를 놓쳤을 상황이다.

하지만 높은 건물 위에서 내려다보고 있는 이안에게는 어림도 없는 짓이었다.

"항구로 가 주게."

길가에서 마차를 세워 탄 기프리쥬는 마부에게 말했다.

"항구 말입니까? 알겠습니다, 손님."

마차는 왕성 남문을 거쳐 항구로 향했다.

밤늦은 시각에도 왕성과 항구를 오가는 사람들과 마차들이 적지 않았다.

대부분 상단과 관련된 사람들이다.

이안은 붉은 성곽 위에서 왕성을 벗어나는 마차를 지그시 내려다봤다.

마차는 앞뒤로 밝은 등을 하나씩 달아서 어둠 속에서도 그 위치를 쉽게 확인할 수 있었다.

'만나기로 한 여관이 왕성의 여관이 아니라 항구 마을 여관이었나?'

항구로 향하는 마차를 바라보던 이안의 몸이 어느 순간 붉은 성곽에서 사라졌다.

침대에 누워 있던 보혜샨은 문을 두드리는 소리에 고개를 옆으로 돌려 방문을 쳐다봤다.

그녀는 침대에서 일어나 방문으로 천천히 걸어갔다.

문을 열자 어두운 복도에 키가 큰 사람이 후드로 얼굴을 가리고 우두커니 서 있었다.

"들어오시죠."

기프리쥬는 방으로 들어가며 방 안을 가볍게 훑어봤다. 방 안에는 그녀 혼자였다.

"제자들은 다 처리했나?"

"그렇습니다. 힘든 결정이었습니다."

"미안하군. 하지만 큰일을 위해선 어쩔 수 없는 것이야."

기프리쥬는 얼굴을 가린 후드를 벗고 방 중앙에 섰다.

눈빛이 깊고 차가워 섣불리 대할 수 없는 기운이 그의 몸에서 은연중 흘러나왔다.

1왕자나 집안의 하녀들을 대할 때 보이지 않았던 그의 본모습이었다.

"실험체가 탈출해 로벨롱에서 큰 문제를 일으키지 않았다면 내가 그런 지시를 내리지도 않았겠지. 관리가 너무 허술했어."

"그 점에 대해선 입이 열 개라도 할 말이 없습니다, 기프리쥬 경."

보혜샨은 살짝 고개를 숙이며 사과를 했다.

"완성한 약은 어디에 있나?"

잔기침을 하며 말하던 기프리쥬가 손수건을 꺼내 입 주변을 닦았다. 붉은 피가 손수건을 빨갛게 물들였다.

기침을 하며 피를 토하는 기프리쥬를 가만히 지켜보던 보혜샨의 눈빛이 날카로워졌다.

"많이 아프시군요. 왜 말씀하시지 않았습니까?"

"쓸데없는 소리를 하는군. 곧 좋아질 거야."

"일단 자리에 좀 앉으시죠."

기프리쥬는 보혜샨 앞에서 기침을 안 하려 했지만 그럴수록 기침은 그를 괴롭혔다.

탁자를 사이에 두고 기프리쥬와 마주 앉은 보혜샨은 물을 한 잔 따라 앞으로 내밀었다.

"물이라도 좀 드시죠."

"괜찮네."

잠시 시간이 흐르자 기침이 멈췄다. 그는 가볍게 숨을 들이마시며 맞은편에 앉아 있는 보혜샨을 응시했다.

"약은?"

"여기 있습니다."

보혜샨은 품에 보관 중이던 검은 상자를 열어 알약을 보여줬다.

건들면 툭 터져 버릴 것처럼 알약은 너무도 붉디붉었다.

"이 약을 복용하면 잠시 동안 몸부림을 치며 괴로워하다 정신을 잃을 겁니다. 그리고 깨어났을 땐 처음 본 사람을 주인으로 생각하는 괴물로 변하죠. 흉폭하고, 잔인하고, 사람을 찢어 먹는 무서운 존재로 변하는 겁니다. 실패작인 샨크가 로벨롱에 끼친 영향을 생각해 보면, 이 약의 우수성은 증명된 거나 다름없지요."

"수년간의 결실이 드디어 내 손에 들어오는군."

기프리쥬는 기뻐하며 약이 든 검은 상자에 손을 뻗었다.

하지만 그가 상자를 만지기 전, 보헤샨이 품에 다시 넣어 버렸다.

"죄송하지만 이 약은 지금 드릴 수 없습니다."

"그게 무슨 말이지?"

"저는 지금껏 기프리쥬 경의 말만 믿고 이 일을 추진해 왔습니다. 1왕자가 왕이 되면 아더 왕이 봉인한 이즈엘의 흑마법서를 받기로 하고 말입니다."

"그런데 그게 무슨 문제라도 있나?"

기프리쥬는 잔기침을 다시 시작하며 물었다.

"1왕자를 만나게 해 주십시오."

기침을 손으로 막던 기프리쥬의 눈빛이 차가워졌다.

"뭐?"

"이 약은 1왕자에게 직접 드리겠습니다. 그리고 그분의 입을 통해 이즈엘의 흑마법서를 주겠다는 약속을 받아야겠습니다."

"지금 날 못 믿겠다는 뜻인가?"

보헤샨은 기프리쥬에게 허리를 굽히며 사과를 했다.

"죄송합니다, 기프리쥬 경. 경이 1왕자의 외숙부라 하나, 이 일은 제게도 너무 중요합니다. 왕이 되실 분과 거래를 하겠습니다."

"수년간 자네에게 막대한 돈을 지원해 준 사람이 날세. 내 지원이 없었다면 그 약을 만들 수 있었겠나? 그런데 이제 와 나를 신뢰하지 못하니 1왕자를 불러 달라고?"

"경은 편찮으시지 않습니까? 만약 경이 죽으면 누가 내 입장을 1왕자에게 전달할 수 있겠습니까?"

기프리쥬의 흰 눈썹이 위로 솟구쳤다.

"감히! 내가 지금 죽는다는 것이냐!"

"보장을 받고 싶다는 뜻입니다."

보헤샨은 물러서지 않았다.

그녀의 푹 꺼진 눈은 차가운 빛을 뿌리는 기프리쥬의 시선을 정면으로 받았다.

둘 사이에 긴장감이 팽팽해졌다.

"계약대로 1왕자가 왕이 되면 자넨 그 마법서를 손에 쥘 거야. 괜한 문제 일으키지 말고 약을 주게, 어서."

"그리는 못 합니다. 저는 수년간 약을 만들기 위해 온갖 고생을 했습니다. 심지어 아까운 제자들도 희생시켰지요. 이젠 경이 양보할 때입니다. 1왕자를 만나게 해 주십시오."

"답답하군. 이 일은 내게 전권이 있어. 자네에게도 말하지 않았나?"

"상황은 늘 변합니다. 경이 돌아선다면 나는 누구에게 하소연해야 합니까? 건강도 안 좋으신 것 같은데."

보헤샨은 의자에서 일어났다.

"왕자님을 만나게 해 주십시오. 약은 그때 드리겠습니다. 제가 할 말은 여기까지입니다, 기프리쥬 경. 부디, 이해해 주십시오."

말투는 공손했지만 사실상 앞으로 1왕자와 거래를 하겠다는 통보였다.

굳은 얼굴로 앉아 있던 기프리쥬는 천천히 자리에서 일어났다.

"꼭 이래야만 하나? 내가 이렇게 부탁을 하는데도?"

"약을 완성시켰는데, 이 정도 요구는 할 수 있는 게 아닙니까?"

한동안 말없이 보헤샨의 얼굴을 바라보던 기프리쥬는 등 뒤의 후드를 앞으로 당겨 얼굴을 가렸다.

"자네 뜻이 확고하니 어쩔 수 없군. 약을 하나 주게. 약이 자네 말처럼 완성됐는지 나도 확인할 필요는 있지 않겠나?"

잠시 생각하던 보헤샨은 고개를 끄덕였다. 약 하나 정도는 줄 수 있었다.

"그렇게 하시죠."

품 안에서 약이 든 검은 상자를 꺼낸 보혜샨이 막 상자의 뚜껑을 열려던 참이었다. 별안간 기프리쥬의 허리에서 푸른 번개 같은 빛줄기가 튀어나와 상자를 든 보혜샨의 손목을 스치고 지나갔다.

서걱.

살과 뼈가 잘리는 소리가 났고, 보혜샨의 잘린 오른손이 상자를 든 상태로 나무 바닥에 뚝 떨어졌다.

쏴아아아!

빗소리를 내며 보혜샨의 잘린 손목에서 피가 솟구쳤다.

검을 뽑아 기습적으로 보혜샨의 손목을 잘라 버린 기프리쥬는 놀란 얼굴로 멍하니 자신을 바라보는 보혜샨을 향해 차갑게 말했다.

"그러게 내 충고를 들었어야지."

"네 이놈! 기프리쥬!"

몸을 부들부들 떨던 보혜샨의 눈동자가 순식간에 새카맣게 변했다.

나이를 먹지 않은 듯 유일하게 젊음을 간직한 탐스러운 금발도 흑발로 변해 하늘로 솟구쳤다.

"죽여 버리겠다, 기프리쥬!"

"내가 누군지 잊었나 보군."

기프리쥬는 가볍게 좌우로 검을 휘둘렀다.

그의 검이 지나가는 곳마다 얼어붙었다.

공기도, 지저분하고 삐걱거리는 여관 방바닥도 모든 것들이 순식간에 얼어 서리가 낀 것처럼 하얗게 변해 갔다.

보헤샨은 급히 마법 방패를 만들어 기프리쥬의 다가오는 검에 대항했다.

쩌어엉!

기프리쥬의 강력한 포스 힘에 마법 방패가 한순간에 박살이 났고 보헤샨은 방 구석진 곳으로 쭉 밀려 났다.

"주제를 알고 덤벼야지."

고대의 얼음 검술을 발휘해 단숨에 보헤샨을 물러나게 한 기프리쥬는 몸을 숙여 약상자를 주우려 했다.

그 모습을 보던 보헤샨이 목소리를 높였다.

"모딜!"

콰앙!

옆방에 대기 중인 모딜이 벽을 뚫고 들어와 약상자를 주우려던 기프리쥬를 덮쳤다.

모딜의 눈은 녹색으로 일렁였고 순간적으로 자라난 긴 손톱은 칼처럼 길어져서 그 흉험한 기세가 방 안을 뒤덮었다.

등 뒤에서 느껴지는 강력한 살기에 흠칫한 기프리쥬는 약상자를 줍는 걸 포기하고 재빨리 뒤를 돌아보며 검을 여러 차례 휘둘렀다.

채챙챙챙챙!

길게 자란 모딜의 손톱과 기프리쥬의 검이 연속으로 부딪치자 날카로운 소리가 났다.

모딜의 손톱은 보검처럼 단단해서 기프리쥬의 포스가 실린 검에도 끄떡없었다.

타고난 싸움꾼처럼 모딜은 고대 얼음 검술을 상대로 한 치도 물러서지 않고 맹렬히 기프리쥬의 검을 막아 냈다.

쩌어엉!

고대 얼음 검술의 힘에 모딜의 긴 손톱과 팔이 일순간에 얼었다.

하지만 그것도 잠시, 모딜의 눈이 녹색으로 강하게 빛나자 하얗게 서리가 끼고 얼어 가던 손톱과 팔은 파삭 소리를 내며 뒤덮었던 얼음을 박살 내 버렸다.

서걱서걱.

기프리쥬의 검이 모딜의 빈틈을 파고들어 가슴과 다리를 빠르게 베었다.

하지만 검상은 순식간에 그 자리에서 바로 아물어 버렸다. 놀라운 회복력과 재생력이었다.

고대 얼음 검술의 힘도 통하지 않는 모딜을 보며 기프리쥬의 눈은 깊어졌다.

"괴물을 데리고 다니고 있었군."

모딜과 싸우며 기프리쥬가 차가운 음성으로 말했다.

잘린 손목을 지혈하던 보혜샨이 싸늘히 외쳤다.

"괴물이라니, 내 소중한 아들이다."

"약을 복용하면 다 이 정도로 강해지나?"

의자를 발로 걷어차 모딜의 눈앞을 가린 기프리쥬는 푸르게 빛나는 검으로 모딜의 목을 노렸다.

강력한 포스의 힘이 담겨 있어 바위도 부술 만한 위력이 있는 검이었다.

그 순간, 모딜의 피부가 녹색으로 변했다.

콰앙!

기프리쥬의 포스검은 모딜의 녹색 피부를 뚫지 못하고 뒤로 밀려 났다.

'이렇게까지 강하다니 놀랍군.'

강철보다도 더 단단한 모딜의 녹색 피부는 다시 평범한 피부색으로 돌아왔다.

'이 약을 반드시 가지고 가야겠어.'

모딜이 강하면 강할수록 기프리쥬는 바닥에 떨어져 있는 괴물을 만드는 약에 더 욕심이 생겼다.

"어딜!"

모딜과 싸우는 틈을 타 약상자를 집으려던 보혜샨을 향해 기프리쥬가 몸을 돌리며 강하게 검을 휘둘렀다.

차가운 냉기가 섞인 푸른 빛이 그의 검에서 튀어나와 보혜샨의 머리를 노리고 날아갔다.

깜짝 놀란 보헤샨은 약상자를 집는 걸 포기하고 옆으로 몸을 굴렸다.

그녀를 스치고 지나간 푸른 빛이 침대를 반으로 잘라 버렸다. 잘린 침대의 면은 모두 새하얗게 얼어 있었다.

"보헤샨, 마지막 제안을 하겠다. 그 약을 이 자리에서 내게 주면 오늘 있었던 너의 건방진 행동은 눈감아 주겠다. 그리고 약속대로 1왕자가 왕이 되면 이즈엘의 흑마법서를 받을 수 있게 내가 보장하겠다."

"흥! 내 잘린 손은 어떻게 하고!"

보헤샨이 분한 얼굴로 잘린 손목을 흔들었다.

"날 믿지 못한 대가다. 너는 끝까지 나를 믿어야 한다. 그게 이즈엘의 흑마법서를 얻을 수 있는 유일한 길이다."

"당신을 죽이고 그 약을 가지고 가서 1왕자와 직접 담판을 짓겠다."

기프리쥬는 모딜의 날카로운 손톱을 검으로 강하게 후려쳐 잠시 밀어 낸 뒤 차가운 눈빛으로 보헤샨을 쏘아봤다.

"진짜 죽고 싶나?"

"호호호! 날 얼마나 우습게 봤으면 그런 말을 하는 거지?"

보헤샨의 발밑에 검은 회오리가 치더니 그녀의 몸을 휘감았다.

<u>그그그그그.</u>

넓은 방 안이 들썩였다.

"진정한 흑마법을 보여 주마."

"지랄들 하고 있네."

갑자기 들리는 낯선 목소리에 모딜을 상대하고 있던 기프리쥬와 검은 회오리 속에 몸을 숨긴 보헤샨은 거의 동시에 창가 쪽을 응시했다.

후드로 얼굴을 가려 정체를 알 수 없는 자가 약이 든 검은 상자를 만지작거리고 있었다.

"왜들 싸우고 그래, 대화로 해결해야지, 이 똥 구더기 같은 것들아."

기프리쥬와 보헤샨의 얼굴이 굳어졌다. 그들이 다투는 틈에 약이 다른 사람 손에 들어간 것이다.

'어느 틈에 나타나 약을 가지고 간 거지?'

속으로 크게 놀란 보헤샨은 모딜을 즉시 불러들였다.

약을 빼앗기면 기프리쥬와 싸우는 의미가 없다.

기프리쥬와 보헤샨은 창가에 등을 기대고 서 있는 이안을 좌우 양쪽에서 포위하듯 섰다.

"조심해. 이 약을 부숴 버릴 수도 있어."

이안이 상자 안에 손을 넣어 붉은 알약을 한 움큼 움켜쥐었다.

"넌 누구냐?"

기프리쥬는 신중한 눈빛으로 물었다.

자신이 눈치채지 못하게 방 안에 몰래 들어와 약상자를 들고 간 것을 보면 보통 녀석이 아니었다.

"나? 내가 누굴 것 같아? 자, 맞혀 봐. 1번, 기프리쥬라는 희대의 개새끼를 잡으러 온 사람이다. 2번, 보헤샨이라는 미친 흑마법사의 모가지를 비틀러 온 사람이다. 3번, 괴물을 만드는 약을 빼앗으러 온 사람이다. 4번, 모두 다. 어떤 것 같아?"

기프리쥬와 보헤샨은 자신들의 정체는 물론이고 약의 비밀까지 알고 찾아온 이안의 등장에 소름이 돋을 정도로 깜짝 놀랐다.

"비밀이 샜군."

기프리쥬가 보헤샨을 탓했다.

"내가 아니다. 당신에게서 샜겠지."

보헤샨은 반대로 기프리쥬를 탓했다.

잠시 보헤샨을 노려보던 기프리쥬는 한 걸음 앞으로 나서며 이안에게 손을 내밀었다.

"약을 내놔라."

"너, 아직 상황 파악이 안 된 것 같은데. 너 좆 됐어, 이 새끼야. 왜냐고? 이 약은 이제 내 거거든."

이안이 말을 하고 있을 때 기프리쥬의 검이 번뜩였다.

하지만 그의 검은 빈 공간만 가르고 있었다. 눈치 빠른 이안이 한발 먼저 창문을 부수고 3층 아래 거리로 뛰어내린 것이다.

기프리쥬와 보헤샨은 앞다투어 이안을 뒤쫓았다.

수년간 고생해 만든 약을 엉뚱한 자에게 빼앗길 수는 없었다.

한적한 골목길 끝으로 이안의 뒷모습이 보였다.

이안을 향해 달려가던 기프리쥬는 말을 타고 가는 사람을 끌어 내린 뒤, 그 말을 타고 이안의 뒤를 쫓았다.

'기이하게 빠른 녀석이군.'

달리는 모습은 보이지 않는데, 말을 탄 그와 거리가 쉽게 좁혀지지 않았다. 어느새 항구 마을을 벗어났다.

"이게 다 당신 때문이야."

말 대신 모딜의 등에 업혀 이안을 뒤쫓던 보헤샨이 기프리쥬를 욕했다.

기프리쥬는 그가 탄 말 속도에 전혀 뒤처지지 않는 모딜을 힐끔 본 뒤 차갑게 말했다.

"저놈을 놓치면 우리는 모두 불행한 결과를 맞이할 것이다. 반드시 잡아야 해."

"흥!"

콧방귀를 뀐 보헤샨은 저만치 도주하는 이안을 노려봤다. 울창한 숲으로 이안이 들어가고 있었다.

"걱정 마라. 모딜은 그 약의 냄새를 아주 먼 곳에서도 맡을 수 있으니까. 그놈은 절대 우리 손에서 벗어나지 못해."

이안은 어제 검을 수련했던 숲 안 공터에 멈춰 섰다. 그리고 사탕을 하나 꺼내 입안에 넣었다.

"사탕이 거의 다 떨어졌네. 내일 톰의 집에 가서 사탕을 좀 더 사야겠어."

이안은 공터 한쪽에 놓인 바위에 걸터앉아 그를 추적해 오는 기프리쥬와 보헤샨을 기다렸다.

여관에서 끝장낼 수도 있었지만 너무 소란스러울 것 같았다. 기프리쥬에게 확인해 볼 것도 있었고.

그러려면 사람들 시선이 미치지 않는 한적한 이런 숲이 좋았다.

"그런데 그 모딜이란 녀석, 샨크보다 훨씬 강해 보이던데."

그는 3층 창문 틈 사이로 저들의 대화는 물론 싸우는 과정까지 모두 지켜봤다.

기프리쥬는 예상대로 강했다. 하지만 그런 기프리쥬를 상대로 약을 복용한 것으로 보이는 젊은 남자는 밀리지 않고 싸웠다.

그것도 샨크처럼 흉측한 괴물로 변신하지 않은 모습으로 강한 힘을 발휘하고 있었다.

단지 손톱만 샨크와 비슷했을 뿐이다.

"내 생각보다 이 약은 훨씬 더 위험해."

－탐나지 않느냐? 그 약을 먹은 자들은 너를 주인으로 섬길 텐데.

"진심으로 말하는 거야?"

이안이 벌컥 화를 내자 블란조르는 빙그레 웃었다.

－한번 해 본 소리다. 네가 그 약을 얼마나 증오하는지 내가 모를 리가 있느냐?

"구역질 나. 개자식들."

이안은 검은 상자를 열어 붉은 약을 바닥에 모두 쏟았다. 그리고 발로 모두 으깬 후, 흙으로 뒤덮었다.

그것으로도 안심이 안 됐는지 이안은 포스검을 만들어 약가루가 섞인 흙을 내리쳤다.

화르르르르.

붉은 약은 기름 성분이라도 있는지 흙과 함께 맹렬히 불탔다.

"하하하! 아주 잘 탄다."

이안이 웃고 있을 때 숲 공터로 말을 탄 기프리쥬와 모딜의 등에 업힌 보헤샨이 도착했다.

"안 돼!"

보헤샨은 약이 타는 냄새를 맡고서는 분노하며 괴성을 질렀다.

"내 약을 태우다니!"

말에서 내리던 기프리쥬의 표정이 얼음처럼 싸늘하게 굳어졌다.

"약이 탄다고?"

"그래! 저놈이 내 약을 모두 태우고 있어!"

기프리쥬는 믿을 수 없다는 표정으로 이안에게 소리쳤다.

"진짜 약을 태우는 것이냐!"

"그래, 맞아, 약을 다 태웠어. 조금 빨리 오지 그랬어. 안 와서 태웠지 뭐야."

천연덕스러운 이안의 대구에 기프리쥬의 몸이 휘청거렸다.

생사를 장담할 수 없는 병에서 그를 버티게 만든 유일한 목적이 정체를 알 수 없는 자의 비웃음 속에 사라지고 있었다.

1왕자를 돕기 위해 수년간 신경 쓴 일이 수포로 돌아가는 모습은 기프리쥬의 마음을 찢어지게 했다.

허탈과 분노, 좌절감, 말로 표현할 수 없는 복합적인 감정이 그를 향해 한꺼번에 쏟아져 들어왔다.

"죽여 버리고 말겠다. 네가 누구든!"

휘청거리던 기프리쥬는 검을 뽑아 바위에 말없이 걸터앉아서 불구경을 하는 이안을 향해 한 발 한 발 내디뎠다.

하지만 몇 걸음 걷지도 못해 그는 또다시 휘청거렸다.

머릿속에서 뭔가가 하나씩 부서지는 기분이었다.

사물이 갑자기 흐릿하게 보였다.

좌우로 비틀거리던 기프리쥬는 그 어느 때보다 격렬한 기침을 해 댔다.

심장이 갈라지는 듯한 극심한 통증을 유발하는 기침이 멈췄을 때 그의 온 얼굴과 가슴 주위는 피투성이였다.

"기프리쥬, 괜찮나?"

보혜샨이 물었지만 기프리쥬는 우두커니 서서 바위에 앉아 있는 이안만을 노려볼 뿐이었다.

"기프리쥬."

"하아, 하필 지금……."

탄식 어린 긴 한숨을 내쉰 기프리쥬는 아주 느린 동작으로 하늘을 향해 검을 올렸다.

퍼엉!

공기가 찢어지는 소리가 나며 기프리쥬의 검에서 푸른 빛 기둥이 생성돼 하늘 높이 솟구쳤다.

그 푸른 빛기둥은 점차 작아져 튤립 같은 하얀 꽃송이로 변해 기프리쥬의 눈앞에서 빙글빙글 회전했다.

고대 얼음 검술의 정화, 얼음꽃이다.

그의 청춘과 노년은 이 얼음꽃을 만들기 위해 존재했다 해도 과언이 아니다.

'평생을 수련해 한 송이 얼음꽃을 피워 냈군.'

수십 송이 얼음꽃을 한 번에 개화시키지는 못했지만, 이것만 해도 대적할 자가 드물다.

"영광으로 알아라. 이 얼음꽃에 죽음을 맞이하는 것을."

울컥 피를 토해 낸 기프리쥬는 생명이 꺼져 가는 눈빛으로 하얀 얼음꽃을 이안에게 날려 보냈다.

쿠쿠쿠쿵쿵쿵.

얼음꽃이 지나가는 경로의 땅들이 거북이 등처럼 갈라지고 뒤틀려 진동했다.

돌이 깨지고 숲 공터에 깔린 낙엽들이 새하얗게 얼어 갔다.

천천히 이동하던 얼음꽃은 어느 순간 폭발적으로 빨라졌다.

콰앙!

이안이 앉아 있던 커다란 바위가 흔적도 없이 사라졌다.

'굉장한 위력이다.'

옆으로 몸을 움직여 간발의 차로 얼음꽃을 피한 이안은 방심하지 않고 검을 뽑았다.

바위를 부수고 숲의 나무들까지 파괴한 얼음꽃은 살아 있는 생명체처럼 길게 선회한 후 다시 이안을 향해 날아오고 있었다.

"이런 훌륭한 검술을 가지고 있으면서 왜 그런 개 같은 짓을 한 거야!"

어둠 속에서 밝게 빛나는 하얀 튤립 같은 얼음꽃을 향해 이안은 분노한 눈빛으로 검을 휘둘렀다.

네 마리의 푸른 늑대가 이안의 검에서 튀어나와 얼음꽃과 연속으로 충돌했다.

쾅쾅쾅!

엄청난 폭음과 함께 생성된 눈부신 섬광이 파도처럼 물결을 이루며 숲 안쪽으로 길게 퍼져 갔다.

잠시 후, 섬광이 가라앉은 자리엔 이안이 검을 내민 자세로 서 있었다.

그의 검 끝은 하얀 얼음꽃 중앙을 관통해 있었다.

쩌어엉!

금이 간 얼음꽃이 유리처럼 갈라지고 깨져 달빛 아래 반짝거렸다.

"내…… 얼음꽃이 깨지다니."

기프리쥬는 믿을 수 없다는 표정으로 뒤로 비틀거렸다.

내뻗었던 검을 천천히 밑으로 내린 이안은 몸을 돌려 기프리쥬를 노려봤다.

"검술이 아깝다, 인간아. 검술 학교 교장이란 자부심은 도대체 어디다 팔아먹고 멀쩡한 사람을 괴물로 만드는 인간 같지도 않은 짓을 벌여? 밥이 목구멍으로 넘어가냐?"

이안의 질타에 기프리쥬는 수치심으로 인해 몸을 부들거렸다.

"네놈을…… 네놈을, 우엑!"

울컥 피를 토한 그는 뭐라 말을 하려는 듯 입을 뻥끗거렸다.

하지만 그는 끝내 말을 내뱉지 못하고 지팡이 삼아 몸을 지탱하던 검과 함께 힘없이 땅에 쓰러졌다.

쿠웅!

찬 땅바닥에 쓰러진 기프리쥬는 미동도 하지 않았다.

"기프리쥬!"

보헤샨은 모딜의 등에서 내려 서둘러 기프리쥬의 코에 손을 대 봤다. 숨이 전혀 느껴지지 않았다.

'죽었어.'

기프리쥬의 허무한 죽음을 확인한 보헤샨은 발로 그의 몸을 세차게 걷어찼다.

"이 빌어먹을 인간아! 네가 여기서 죽으면 나는 어쩌란 말이냐! 내 지난 시간을 누가 보상해 주느냔 말이다!"

약도 불타고 그녀가 1왕자를 위해 노력한 공로를 알아줄 사람까지 사라지자, 그녀는 머리끝까지 화가 났다.

"죽었다고?"

예상치 못한 기프리쥬의 갑작스러운 죽음에 이안은 곤혹스러워했다.

약을 만든 일에 배후가 있는지 확인하려 했다. 그런데 손쓸 틈도 없이 죽어 버렸다.

"젠장, 물어볼 게 있었는데."

－네가 약을 태운 것 때문에 충격을 받은 것 같다.

블란조르의 말에 이안은 뒷머리를 긁적거렸다.

"빌어먹을. 천천히 태울 걸 그랬나? 뭐 어쩔 수 없지. 저 인간이라도 족쳐서 알아볼 수밖에."

이안은 기프리쥬의 시신에 분풀이를 하고 있는 보혜샨을 응시했다.

"넌 또 뭐 잘했다고 발길질을 하고 있어?"

"닥쳐라, 이놈!"

보혜산은 기프리쥬의 목을 힘껏 밟아 엎드려 있는 그의 목덜미 뼈를 분질러 버렸다.

"이게 다 네놈 때문이다! 그게 어떻게 만들어진 약인데!"

보혜샨의 눈이 검게 변하고 산발이 된 머리카락은 하늘로 치솟았다.

뭉게구름처럼 생긴 검은 안개가 회오리쳐 그녀의 몸을 감쌌다.

"네놈을 죽여 그 살점을 오드득오드득 뜯어 먹겠다."

"괜찮겠어? 나 무지 질긴 놈인데."

"걱정 말거라. 꼭꼭 씹어 뼛조각 하나 남겨 두지 않겠다. 모딜! 저놈을 죽여라!"

흐릿한 눈빛으로 멍하니 서 있던 모딜의 눈이 밝은 녹색으로 일렁였다.

팟!

번개처럼 달려온 모딜의 손에서 손톱이 길게 삐져나왔다.

쉬이이익.

파공성을 내며 손톱이 이안의 목을 베어 갔다.

이안은 검을 들어 모딜의 손톱을 막았다.

카앙!

검과 손톱이 부딪쳤지만 금속성이 났다.

'튼튼하군.'

이안의 검에는 은은한 은백색 광채가 맺혀 있었다. 검에 포스를 두른 상태였다.

더욱 날카로워진 그의 검에도 모딜의 손톱은 전혀 손상되지 않았다.

챙챙챙챙!

모딜과 이안 사이에 거친 공방이 오갔다.

모딜은 공기처럼 가볍고 새처럼 움직임이 자유롭고 다람 쥐처럼 민첩한 데다 싸움에 대한 감각이 대단히 뛰어났다.

'뒤에도 눈이 달린 것 같아.'

사각이 없는 사람처럼 모딜은 행동했다.

'샨크는 이자에 비하면 정말 약한 거였군.'

콰앙!

모딜을 강한 힘으로 밀어 낸 이안이 쫓아가며 검으로 그의 가슴을 베었다.

한 번이 아닌 무려 일곱 번의 칼질이었다.

서걱 서걱 서걱.

거의 가슴을 난도질하듯 빠르게 베어 낸 이안은 모딜이 잠시 주춤한 틈에 허공으로 점프해 사선으로 검을 내리그었다.

이안의 눈빛에는 동정과 미안함이 어려 있었다.

'너도 억울하겠지만 어쩔 수 없다. 여기서 그만 끝내자.'

모딜도 보헤샨에 의해 강제로 약을 복용한 불쌍한 신세일 것이다.

하지만 언제 샨크처럼 식인 괴물로 돌변할지 알 수 없는 일이다.

'너의 복수는 내가 해 줄게.'

이안은 냉정한 눈빛으로 검을 꽉 움켜쥐었다.

쾌속하게 내려온 이안의 검이 모딜의 목을 베려는 찰나 뒤에서 강한 기운이 느껴졌다.

이안은 워프를 발휘해 모딜의 앞에서 순간 사라졌다.

"이놈이 어디 갔지?"

뱀처럼 생긴, 사람 몸통 굵기의 징그러운 촉수들이 보헤샨을 감싼 검은 회오리 속에서 꿈틀거렸다.

이안을 뒤에서 공격한 건 저 수십 개의 암흑의 촉수들이었다.

"나 찾냐?"

보헤샨이 뒤를 돌아보는 순간, 그녀의 눈에 이안의 주먹이 크게 확대돼 들어왔다.

촉수들이 주먹을 휘두르는 이안의 몸을 휘감으려 했지만 순간적으로 공간을 침투해 들어온 이안의 이동속도를 촉수들은 놓치고 말았다.

"쌍년아!"

콰앙!

콧잔등이 깨진 보헤샨은 코피를 쏟으며 땅에 처박혔다.

"밥만 먹는다고 그게 다 사람이냐!"

이안은 은백색으로 빛나는 검을 휘둘러 그를 향해 창처럼 뻗어 오는 굵은 촉수들을 단번에 잘라 버렸다.

펑펑펑!

이안의 검에 잘린 촉수들은 검은 연기로 변해 허공에서 사라져 갔다.

"실험실에 갔더니 희생자의 해골들이 산더미처럼 쌓여 있더군. 넌 간단히 죽을 생각 하지 마."

부서진 코를 잡고 비틀거리며 일어서는 보헤샨을 향해 차가운 눈빛으로 말을 하던 이안은 옆에서 돌진해 오는 모딜의 팔을 꺾어 바닥에 내동댕이쳤다.

"형은 말이다. 네게 악감정은 없어. 미안하다."

이안은 바닥에서 일어서는 모딜의 목을 빠르게 베었다.

자신의 약점을 보호하듯 모딜의 목 주위 피부가 일순간에 녹색으로 변했다.

하지만 이안의 검은 모딜의 강철 같은 녹색 피부를 뚫고 들어갔다.

'마치 쇠기둥을 자르는 기분이다.'

서걱.

검붉은 피가 튀었고, 이안은 강력한 반발을 이겨 내며 끝까지 검을 휘둘러 모딜의 목을 완전히 자르려 했다.

하지만 그의 검이 모딜의 목을 반쯤 잘랐을 때 돌연 모딜의 이마 정중앙이 좌우로 갈라지며 그 안에서 녹색 구슬처럼 생긴 눈이 튀어나왔다.

그 눈에서 강한 빛줄기가 튀어나와 이안을 공격했다.

마치 지구에서 상대하던 보행 로봇의 레이저포를 눈앞에서 맞닥트린 기분이었다.

'뭐야, 이거?'

속으로 깜짝 놀란 이안은 다급히 워프를 발휘해 녹색 빛줄기를 아슬아슬하게 피해 냈다.

콰아앙!

녹색 빛줄기에 맞은 숲 한쪽이 거대한 화염을 일으키며 불타올랐다.

모딜은 몸을 돌려 10여 미터 정도 떨어져 있는 나뭇가지 위를 올려다봤다.

빛줄기를 피해 워프한 이안이 그곳에 굳은 얼굴로 서 있었다.

모딜은 좌우로 목을 꺾었다.

이안의 의해 반쯤 잘렸던 목이 어느새 정상으로 되돌아간 모습이었다.

"모딜, 잘했다! 네 본모습을 보여 줘라! 저놈을 어서 죽여 버려!"

코피를 쏟아 내던 보헤샨이 표독스러운 얼굴로 외쳤다.

캬아아아아!

괴성을 지르는 모딜의 입이 좌우 양쪽으로 길게 찢어지기 시작했다. 수십 개의 날카로운 이빨이 툭툭 튀어나왔다.

찌이이익.

등과 양어깨가 갈라지며 1미터가 넘는 거대하고 뾰족한 돌기가 솟구쳤다.

휘익!

더 빨라진 모딜이 순식간에 이안이 서 있는 높은 나뭇가지 위에 나타나 이안의 머리를 물어뜯으려 했다.

"불쌍한 새끼."

흉측하게 변한 모딜의 입을 보며 이안은 무거운 눈빛으로 검을 내려쳤다.

콰앙!

막대한 압력을 동반한 이안의 검을 피하지 못하고 어깨에 정통으로 맞은 모딜은 어깨가 푹 주저앉아 나무 밑으로 추락했다.

쿠웅!

바다에 처박힌 모딜의 이마에서 예의 녹색 빛줄기가 튀어 나왔다.

이안은 워프를 발휘해 근처 다른 나뭇가지 위로 연속으로 몸을 이동했다.

모딜은 그런 이안을 쫓아가며 계속 빛줄기를 날렸다.

그의 어깨는 어느새 정상으로 회복되어 있었다.

숲 공터 주위는 모딜의 녹색 빛줄기에 맞아 폭발하고 불타 오르는 나무들로 인해 지옥 불구덩이처럼 뜨겁게 변했고, 연기도 자욱했다.

무심한 눈빛으로 모딜의 공격을 회피하던 이안은 그 불구덩이 안에서 갑자기 멈춰 섰다.

모딜이 성난 짐승처럼 그를 향해 달려오고 있었다.

"형 마음이 찢어지게 아프다."

모딜의 얼굴 위로 전에 그에게 죽은 샨크의 얼굴이 겹쳐졌다. 그의 눈물도.

이안은 자신을 향해 날아온 녹색 빛줄기를 이번엔 피하지 않았다. 대신 포스에 둘러싸인 그의 은백색 검으로 부드럽게 후려쳤다.

번쩍이는 불꽃과 함께 검신에 반사된 녹색 빛줄기가 땅에 충돌했다.

쿠웅!

묵직한 소리와 함께 돌과 흙이 허공 높이 비산했다.

캬아아아아!

이안이 검으로 녹색 빛줄기를 막고 있을 때 코앞까지 접근한 모딜은 이안의 옆구리에 길게 자란 손톱을 쑤셔 넣었다.

바위도 뚫고 들어가는 손톱이지만 이안의 마법 셔츠에 가로막혔다.

"미안해. 형이 좋은 옷을 입고 있어."

콰앙!

팔뚝으로 모딜의 정수리 부근을 강하게 내려찍은 이안은 비틀거리는 모딜을 따라갔다.

"이제 그만 끝내자. 진짜로."

목을 베는 척 모딜의 관심을 끌던 이안은 단검을 뽑아 번개처럼 내던졌다.

녹색 빛줄기를 내뿜던 모딜 이마에 정확히 단검이 꽂혔다.

크아아아아!

구슬처럼 둥글게 생긴 이마의 눈이 파괴되자 모딜은 갑자기 제자리에서 고통에 찬 괴성을 질러 댔다.

불길에 휩싸인 공터에서 몸부림치는 그의 모습을 무거운 눈빛으로 지켜보던 이안은 천천히 뒤를 돌아봤다.

보헤샨이 마법으로 만든 거대한 쥐를 타고 서둘러 도망치고 있었다.

모딜이 패할 상황에 직면하자 그녀는 이안과 싸우는 것을 포기하고 도주하는 것을 선택한 모양이다.

"가 봐, 도망칠 수 있으면."

숲 안쪽으로 사라지고 있는 보헤샨의 뒷모습을 보며 차갑게 중얼거린 이안은 괴로워하는 모딜에게 다가가 검을 휘둘렀다.

은백색 검광이 모딜의 목을 휘감고 지나갔다.

머리가 반듯하게 잘린 모딜의 몸이 힘없이 옆으로 기울어졌다.

이안은 허리를 굽혀 모딜의 이마에서 단검을 뽑아냈다.

'모딜도 샨크처럼 잠시 동안은 살아 있을까?'

머리가 잘린 상황에서도 샨크는 완전히 생명이 끊어지지 않았었다.

어쩌면 모딜도 그럴지 모른다.

이안은 모딜의 머리를 들고 보헤샨이 도망친 방향을 응시했다.

연기 자욱한 공터에서 그의 모습이 순식간에 사라졌다.

흑마법으로 만든 거대 쥐를 타고 숲 깊숙이 도망치던 보헤샨은 연신 뒤를 돌아봤다.

코가 깨지고 한쪽 손목이 잘린 그녀의 모습은 평소와 달리

매우 초라해 보였다.

숲이 조용했다. 쫓아오는 느낌이 없다.

'어디서 저런 놈이 나타나서……'

믿었던 모딜이 당하는 모습에 그녀는 너무 놀라 심장이 튀어나올 뻔했다.

특히, 그녀를 더 놀라게 한 건 대마법사들만이 제한적으로 사용할 수 있다는 공간 이동을 마법진도 없이 자유자재로 펼치는 것 같은 이안의 능력이다.

'마법사는 아닌 것 같고, 대체 어떻게 그런 거지?'

그녀는 여관에서 잘린 한쪽 손목을 내려다보며 얼굴이 일그러졌다.

부상당한 몸으로 이안을 상대할 자신이 없었다.

'아까 실험실 얘기를 꺼냈어. 저놈이 젤로와 미카인을 죽인 게 분명해. 그런데 누가 배신을 한 거지?'

그녀는 두 제자 중 한 명이 그녀가 왕성으로 갔다는 것을 발설했다고 판단했다.

'모든 걸 잃고 도망치다니.'

그녀는 깊은 시름에 찬 얼굴로 길게 한숨을 내쉬다 앞을 보고 급히 거대 쥐를 멈춰 세웠다.

그녀가 가는 방향에 이안이 불쑥 나타난 것이다.

"내려."

이안은 말을 하며 검을 휘둘렀다.

은백색 빛이 날아오자 그녀는 거대 쥐에서 뛰어내려 낙엽이 깔린 땅바닥을 굴렀다.

퍼엉!

이안의 검에 반으로 잘린 거대 쥐가 검은 안개로 변해 사라졌다.

"이놈!"

머리에 낙엽이 달라붙은 낭패한 모습으로 일어난 보혜샨은 앙상하게 마른 해골 같은 손으로 땅바닥을 내리쳤다.

푸른 빛줄기들이 그녀의 손에서 뻗어 나와 땅에 찰나간 푸른 마법진을 형성했다.

피할 수 없다면 싸워야 한다.

그녀는 이렇게 된 이상 최후의 소환술을 쓰기로 작정했다. 한번 사용하면 그녀의 수명이 단축되는 위험한 흑마법이다.

"어둠의 힘이여! 저주받은 악령이여! 내 피를 먹고 그대의 힘을 보일지니!"

이안이 다가오는 모습을 보며 다급히 주문을 외운 그녀는 입안을 깨물어 그 피를 앞에 뿌리려 했다.

"그 피 다시 목구멍 안으로 집어넣어."

눈 깜짝할 사이에 마법진과 보혜샨 사이를 가로막은 이안은 발로 그녀의 얼굴을 걷어찼다.

빠각!

섬뜩한 소리와 함께 광대가 함몰된 보혜샨의 몸이 뒤로 데굴데굴 굴러갔다.

"까불고 있어."

이안은 바닥에 빛나고 있는 심상치 않아 보이는 푸른 마법
진을 향해 검을 내려쳤다.

콰앙!

마법진이 파괴되며 섬광이 숲 안을 잠시 동안 환하게 밝혔
다.

"죽어라!"

마법진을 파괴하기 위해 등을 돌리고 서 있던 이안을 향해
보혜샨이 검은 구체를 만들어 날렸다.

이안은 가볍게 검은 구체를 피해 보혜샨 코앞까지 순식간
에 접근했다.

"쇼타임이다. 이 꽉 다물어!"

싸늘한 눈빛으로 말을 한 이안은 기공권의 수법으로 보혜
샨의 양쪽 어깨 관절 부위를 번개처럼 후려쳤다.

관절이 부서지는 소리가 나며 뼈가 외부로 드러났다.

"크아아아악!"

보혜샨은 손목이 잘릴 때보다 더한 비명을 질렀다.

어깨가 부서져 팔을 움직일 수도 없었다. 도끼로 계속 내
려찍는 듯한 고통만 어깨에서 전달됐다.

"내가 이 꽉 다물라고 그랬지."

이안은 비명을 지르는 그녀의 뒷머리를 잡아 옆에 서 있는

큰 나무에 얼굴이 강하게 부딪치게 했다.

쿠웅!

어찌나 세게 얼굴을 나무에 쳤는지 그 큰 나무가 흔들릴 정도였다.

"아프냐? 아니, 넌 아파선 안 돼. 네 심장은 차가운 강철로 되어 있고."

쿠웅!

이안은 다시 그녀의 얼굴을 나무에 쳤다.

"네 눈은 돌처럼 무감각했을 거 아니야. 그러니 수년간 그런 실험을 지속했겠지. 식인 괴물이라니, 니가 그러고도 사람이냐!"

빠직!

넘어진 그녀의 무릎뼈를 이안이 짓밟아 뭉갰다.

"그, 그만해. 제발 그만해. 나는 남들이 생각 못 한 흑마법을 실험했을 뿐이야."

땅바닥에 쓰러져 고통에 신음하던 보혜샨이 이안을 향해 말했다.

말도 안 되는 주장을 하는 그녀를 이안은 굳은 얼굴로 노려봤다.

"세상에서 제일 좆같은 새끼들이 누군지 알아? 바로 너희들 같은 것들이야. 끝까지 잘못을 인정 안 하는!"

콰앙!

이안의 발길질에 갈비뼈가 부러진 보헤산의 몸이 조금 떨어져 있던 바위까지 밀려갔다.

"잘 봐. 그 바위에 누가 있는지."

보헤산은 너무 고통스러워 눈의 초점이 잘 맞춰지지 않았다.

그러나 잠시 뒤 그녀는 낮은 바위 위에 목이 잘린 모딜이 통쾌하게 웃고 있는 걸 발견했다.

"하하하, 당신도 결국 이런 꼴이 됐군."

웃고 있지만 모딜의 눈가엔 눈물이 흐르고 있었다.

"실험실에서 죽은 사람들을 대표해 너의 최후를 보겠다! 보헤산, 영원히 지옥에서 고통받아라!"

"모딜……. 나는 너를 강하게 만들어 줬다. 가난한 농부가 그런 경험을 할 수 있겠느냐? 나는 너를 새롭게 창조한 어머니다."

"내 진짜 어머니는 아직도 날 잊지 못하고 밤마다 울고 계실 거다! 너는 그저 미친 마법사일 뿐이야. 더럽고 추한 마법사! 퉤!"

"이놈, 모딜!"

보헤산은 지렁이처럼 몸을 꿈틀거려 바위에 얹혀 있는 모딜의 머리를 입으로 물어뜯으려 했다.

옆에서 묵묵히 지켜보던 이안은 보헤산의 옆머리를 걷어 찼다.

"많은 양심도 필요 없어. 아주 손톱만큼의 양심만 있었다면 너는 이런 실험을 안 했겠지."

이안은 고통 속에 숨을 헐떡거리는 보헤샨을 차가운 시선으로 내려다봤다.

"이번 일에 1왕자가 개입했나?"

"1왕자? 그런 걸 왜 묻지?"

"진실을 알고 싶으니까. 말해 주면 좀 더 편안한 죽음을 선사하겠다. 참고로 말하면, 아직 난 본격적으로 시작도 안 했어. 생각 잘하는 게 좋을 거야."

"호호호! 이미 몸이 이렇게 됐는데 고통이 오면 얼마나 더 오겠다고. 마음껏 해 봐. 네놈이 원하는 답은 해 주지 않겠다."

의외로 강단 있는 보헤샨의 태도에 이안은 피식 웃었다. 그는 허리를 굽혀 그녀의 귀에 속삭였다.

"넌 분명 후회할 거야. 왜냐하면 네 제자인 젤로도 그렇게 버티다 내게 실컷 고통을 당한 후에 뒤늦게 울면서 당신에 관해 다 털어놨거든. 장담할게, 잠시 후에 당신은 죽여 달라고 빌게 될 거야."

이안의 경고에 보헤샨의 눈동자가 좌우로 흔들렸다.

젤로는 가장 강직한 그녀의 충성스러운 제자였다.

이안의 말을 믿고 싶지 않았지만 실험실의 뒤처리를 맡겨 둔 젤로와 미카인 둘 중에 하나는 그녀를 배신한 게 틀림없는 상황이다.

갈등하던 보헤샨은 고개를 돌려 근처 바위 위에서 자신을 내려다보고 있는 모딜을 응시했다.

모딜을 한동안 바라보던 그녀는 달이 떠 있는 숲의 밤하늘을 보며 뾰족한 목소리로 말했다.

"좋다, 말하겠다. 1왕자가 개입했는지는 나도 모른다."

"모른다고?"

"그래, 몇 년 전 내 거처에 복면을 쓴 남자가 찾아왔다. 어떻게 알았는지는 모르지만 그자는 내가 고대 몬스터의 재료를 가지고 연구를 하고 있는 것을 알고 있었다. 그자는 내게 기프리쥬를 만나 보라고 했다."

"왜 기프리쥬를 만나라고 한 거지?"

"연구를 지원해 줄 거라고 했다. 그래서 기프리쥬를 찾아가 계약을 맺었지. 나는 대영주들의 영지를 혼란에 빠트릴 괴물을 만들어 주고, 그는 1왕자가 왕이 되면 아더 왕이 봉인한 이즈엘의 흑마법서를 주기로 말이야."

길게 말을 하던 보헤샨은 잠시 숨을 고르고 말을 이어 갔다.

"나는 당연히 이 일이 1왕자가 시킨 것이라 생각했지만, 기프리쥬는 1왕자가 시킨 일이라고 단 한 번도 거론한 적이 없다. 조심해서 그러는 건지 아니면 다른 꿍꿍이가 있는 것인지 나중엔 의심이 생겼지. 해서, 아까 여관에서 약을 주지 않으려 한 것이다."

이안은 턱을 매만졌다.

보헤샨도 1왕자가 배후에 있다고 확신을 못 하는 것 같았다.

"복면 쓴 남자가 누구인지 전혀 짐작도 안 가나?"

이안은 새롭게 등장한 인물에 관해 물었다. 그자야말로 이 일의 시발점이라 할 수도 있었다.

"기프리쥬에게 물어봤지만 그는 대답해 주지 않았다."

"그렇군."

이안은 검을 뽑았다.

모딜의 얼굴이 점점 딱딱하게 변해 가고 있었다. 생명의 기운이 얼마 남지 않은 것이다.

그가 죽기 전에 보헤샨을 먼저 죽여야 한다.

눈앞에 다가오는 이안의 검을 보며 보헤샨이 급하게 애원했다.

"이러지 말고 나와 손잡는 게 어떠냐? 아직 내 머릿속엔 완성하지 못한 수많은 실험 계획이 있다. 너처럼 강한 자가 함께해 주면 우리는 왕국도 차지할 수 있다."

"닥쳐. 어디서 약을 팔아."

이안은 더 들어 볼 것도 없다는 듯 보헤샨의 심장에 가차 없이 검을 내리꽂았다.

"허억!"

상체를 세우며 한차례 몸을 부르르 떨던 그녀는 이안을 노려보다 서서히 눈을 감았다.

보헤샨의 심장에 꽂힌 검을 뽑은 이안은 피를 뿌린 후 검집에 검을 넣었다.

차가운 눈빛으로 몸이 식어 가는 보헤샨을 잠시 노려보던 이안은 몸을 돌려 모딜에게 다가갔다.

바위 위의 모딜은 보헤샨의 최후를 목격한 후 흐느끼고 있었다.

그는 가난한 농가에 태어난 평범한 청년이었을 뿐이다.

"감사합니다, 정말 감사합니다."

이안은 굳은 얼굴로 고개만 몇 번 끄덕였다.

"이제 죽어도 여한이 없습니다. 악녀의 최후를 봤으니까요."

눈물을 멈춘 모딜은 '어머니, 보고 싶습니다.'라는 말을 몇 번 중얼거린 뒤 조용히 눈을 감았다.

"이젠 편히 쉬어라."

이안은 완전히 숨이 끊긴 모딜을 깊은 눈빛으로 한동안 바라보다 워프를 이용해 숲을 벗어났다.

그는 벨로린 왕국의 젖줄과도 같은 이리아니강이 보이는 강변에 엉덩이를 대고 앉았다.

이리아니강은 달빛을 받으며 도도하게 흘러가고 있었다.

ㅡ수고했다.

"뭘······."

담담히 대구를 한 이안은 풀밭에 누웠다.

차가운 땅의 기운과 찬 바람이 그의 전신을 어루만졌다.

조금 전 숲에서 싸운 게 아득히 먼 일처럼 느껴졌다.

그냥 이대로 잠들고 싶었다. 온갖 더러운 꼴 안 보고 손에 피 묻히기도 싫었다.

그런데 그러면 지는 것이다.

그는 끝까지 깨어 있어야 한다.

"결혼도 하고 애도 낳고 늙어서 주름을 보며 걱정할 때까지 살 거야. 꼭 그렇게 살 거라고."

다짐하듯 말한 이안은 풀밭에서 일어났다.

손에 묻은 피를 강물에 씻어 낸 그는 기프리쥬와 보헤샨, 모딜이 죽은 숲 방향을 잠시 바라보다 왕성으로 향했다.

달콤한 향

늦은 새벽, 날이 희미하게 밝아 왔다.

왕성의 가라앉은 찬 공기를 밀어 내며 병사 하나가 빠르게 말을 몰아 왕성 대로를 질주하고 있었다.

그가 향한 곳은 왕성 수비군 부사령관 빌로프의 집이었다.

병사가 빌로프의 집 안으로 뛰어들어 간 지 얼마 되지 않아, 빌로프의 집 대문이 활짝 열리고 수십여 필의 말이 뛰어나왔다.

선두에서 말을 몰고 나온 사람은 옷도 제대로 갖춰 입지 못한 빌로프였다.

그는 호위 병사들을 이끌고 곧장 기프리쥬의 집으로 향했다.

쾅!

병사들이 기프리쥬의 저택 대문을 강하게 때리며 외쳤다.

"문을 열어라!"

뒤에서 지켜보던 빌로프는 마음이 급했는지 굵은 목소리로 지시했다.

"담을 넘어가라."

"예!"

호위 병사들이 가벼운 몸동작으로 담을 넘어 대문을 활짝 열었다.

말을 몰아 대문을 통과한 빌로프는 뒤늦게 집 안에서 나와 정원을 걸어오던 집 안의 일꾼에게 소리쳤다.

"기프리쥬 경은 어디 계시느냐!"

"주, 주인님 말씀이십니까? 침실에서 주무시고 계실 겁니다."

눈을 부릅뜨고 물어보는 빌로프의 기세에 겁을 먹은 일꾼이 허리를 숙이며 대꾸했다.

"비켜라!"

일꾼을 밀어 내고 부하들과 현관에 도착한 빌로프는 말에서 내려 집 안으로 급히 들어갔다.

"기프리쥬 경의 침실로 안내해라."

밖의 소란에 놀라 1층 홀에 서 있던 늙은 집사에게 빌로프가 소리쳤다.

집사는 존경받는 벨로린 검술 학교 교장이자 1왕자의 외숙부 집에 이렇게 함부로 들어와 소리치는 사람을 지금껏 단 한 명도 보지 못했다.

그는 불쾌한 표정을 지었다.

"죄송하오나 예를 차려 주십시오. 주인님이 지금 주무시고 계십니다."

빌로프의 굵고 짙은 눈썹이 위로 솟구쳤다.

그는 손을 올려 집사의 뺨을 그대로 후려쳤다.

"네놈이 지금 어떤 상황인지 모르고 있구나. 목을 자르기 전에 어서 안내하기나 해!"

서슬 퍼런 빌로프의 눈빛에 늙은 집사는 깜짝 놀라 즉시 2층으로 그를 안내했다.

"주인님! 나와 보셔야 할 것 같습니다! 주인님!"

집사가 침실 문 앞에서 여러 번 외쳤지만 침실 안은 조용했다.

"비켜."

빌로프는 문을 발로 걷어차고 안으로 들어갔다.

그는 침대를 확인했다. 아무도 없었다. 전령의 보고가 사실로 굳어지는 순간이다.

"빌어먹을!"

빌로프는 눈에 보이는 커다란 꽃병을 들어 유리창을 향해 내던졌다.

챙그랑.

유리 창문이 박살 나며 그 파편이 사방으로 튀었다.

"이 집의 일꾼들을 모두 잡아 사령부로 압송해라."

모든 게 명확해질 때까지 기프리쥬의 집 사람들은 모두 조사의 대상이다.

서둘러 기프리쥬의 집에서 나온 빌로프는 그 즉시 왕성 남문 병영에서 수백의 군사들을 이끌고 간밤에 작은 불이 났다던 숲으로 향했다.

불은 숲으로 번지지 않고 한 곳에서만 집중적으로 타오르다 자연적으로 사그라진 모양새였다.

그러나 아직 완전히 꺼지지 않아서 먼저 온 병사들이 일일이 불씨를 끄고 있었다.

연기와 검은 재가 뒤덮인 공터로 들어간 빌로프는 몸이 반쯤 탄 시신을 내려다봤다.

"음."

무거운 신음을 흘린 그는 허리를 굽혀 시신을 자세히 들여다봤다.

얼굴의 반이 시커멓게 그슬리고 탔지만 이 시신이 누구인지 그는 한눈에 알아볼 수 있었다.

'빌어먹을. 1왕자에게 어떻게 보고해야 하지?'

1왕자는 외숙부인 기프리쥬를 좋아한다. 그가 숲에서 이런 꼴로 발견됐다는 보고를 받으면 1왕자는 분노할 것이다.

왕성의 치안을 책임지는 수비군 부사령관으로서 그는 이 엄중한 죽음에서 결코 자유로울 수가 없다.

"숲을 샅샅이 조사해라. 어떤 단서도 놓치지 말고."

"예!"

수백의 병사들이 공터를 중심으로 넓게 퍼져 갔다.

그 뒷모습을 굳은 표정으로 잠시 지켜보던 빌로프는 공터에 파여 있는 커다란 구덩이들을 예리하게 살펴봤다.

큰 싸움이 벌어진 흔적들이다.

목이 잘린 시신도 한 구 있다. 머리가 없어 누구인지 당장 확인할 방법이 없다.

'대체 이곳에서 무슨 일이 벌어진 거지?'

1왕자 트웰의 지하 연무장엔 사람과 흡사한 강철로 만든 인형이 수십 개나 배치되어 있었다.

트웰은 강철 인형 사이를 오가며 팔과 주먹을 경쾌하게 내뻗었다.

퍽퍽퍽!

그의 손과 부딪친 강철 인형이 크게 소리를 내며 뒤흔들렸다.

"이제 이것도 지겹군."

콰앙!

그의 주먹에 강철 인형이 산산조각 났다.

우우우웅.

강철 인형을 박살 낸 그의 손엔 보라색 빛이 은은히 맺혀 있었다.

검이나 창, 도끼, 방패, 화살과 같은 병장기에 포스의 힘을 이용하는 것은 일반적인 포스 능력자들이 노력하면 가능하다.

하지만 주먹과 같은 신체에 포스의 힘을 담아 사용하는 것은 포스의 경지가 말할 수 없이 높아야 한다.

트웰은 연무장 한쪽에 거치된 검을 뽑아 고대 얼음 검술을 펼쳤다.

수십 개의 얼음꽃이 검 끝에서 튀어나와 하얀 빛을 뿌리며 트웰의 머리 위에서 빙글빙글 회전했다.

"아름답구나."

어린 시절, 그에게 검을 가르쳐 준 건 아버지도 왕실 소속의 검사들도 아니다.

바로 외숙부다.

그땐 1왕자 신분이 아니라 왕실의 관심을 적게 받던 때다.

외숙부와 전차 경주를 같이 보고 밤이면 그에게 검을 배웠다. 얼음 검술도 그에게 전수받았다.

그렇게 가까웠던 외숙부는 그가 스무 살이 되던 해에 고대 얼음 검술의 정화인 얼음꽃을 만드는 모습을 보고는 더 이상 전처럼 가깝게 다가오려 하지 않았다.

조카에 대한 질투심인지 아니면 다른 이유인지 여전히 모르겠다.

'다음에 만나면 꼭 물어봐야겠어. 왜 갑자기 내게서 멀어졌는지 말이야.'

트웰이 강철 인형을 노려보자 그의 머리 위에서 회전하던 수십 개의 얼음꽃이 빛살처럼 빠르게 폭사되어 날아갔다.

콰아앙!

강철 인형들의 머리가 거의 동시에 얼어붙으며 폭발을 일으켰다.

그와 함께 수백 개의 강철 인형의 파편들이 지하 연무장 벽을 벌집처럼 구멍을 내 버렸다.

지하 연무장에서 올라온 트웰은 회랑을 통해 들어오는 아침 햇살을 받으며 복도를 걸었다.

"나는 왜 아이를 못 갖는 신세일까? 너희들은 아느냐?"

일곱 호위들은 마땅히 대꾸할 말이 없었는지 침묵을 지켰다.

30대 후반인 트웰은 결혼을 한 지 10년이 훌쩍 넘었지만 왕자비와의 사이에 아이가 없었다.

다른 여러 여자들과 관계를 맺어도 여전히 아이가 없다.

결국 트웰은 자신이 문제라는 것을 인정할 수밖에 없었다.

그것은 왕실에 또 다른 논란거리였다.

후손 없는 왕은 결국 죽을 때 형제나 왕족들 중에서 왕을 지명해야 하는 운명이다.

왕의 위엄이 시작부터 약해지는 것이다.

"카사르와 바조를 보며 유일하게 부러운 것이 바로 그것이다. 대를 이어 줄 후손이 있다는 것."

트웰은 이복형제인 2왕자와 3왕자의 아이들을 떠올리며 차가운 표정을 지었다.

"왕자님!"

회랑을 걷던 트웰은 뒤를 돌아봤다.

빌로프가 무슨 급한 일인지 뛰듯 빠르게 걸어오고 있었다. 표정도 잔뜩 굳어 있었다.

"무슨 일이냐, 빌로프."

"왕자님."

숲에서 기프리쥬의 죽음을 두 눈으로 직접 확인한 빌로프는 곧장 1왕자에게 보고를 하기 위해 궁으로 달려왔다.

하지만 막상 트웰 앞에 서자 빌로프는 입이 떨어지지 않았다.

"용맹한 빌로프가 왜 그리 주저하는지 모르겠군. 시간 아깝다. 어서 말하라."

"왕자님, 기프리쥬 경이…… 죽었습니다."

"지금 뭐라고 했지?"

"기프리쥬 경이 죽었습니다, 왕자님."

트웰의 눈동자가 심하게 흔들렸다.

하지만 이내 눈동자는 제자리를 찾아갔다.

그는 회랑에 놓여 있는 의자에 천천히 앉았다.

"병을 이겨 낼 거라 믿었는데. 어머니가 크게 슬퍼하시겠군."

담담한 어조로 말을 하는 트웰에게 빌로프는 하기 싫은 말을 꺼냈다.

"송구하오나, 병으로 죽은 게 아닙니다. 지난밤 왕성 밖 숲에서 불에 탄 시신으로 발견됐습니다, 왕자님."

"뭐야?"

의자에서 벌떡 일어난 트웰은 빌로프에게 한 걸음 다가갔다.

"다시 말해 보거라. 내 외숙부가 어찌 죽었다고?"

"숲에서 살해당하신 것 같습니다."

빌로프는 자신이 보고 온 바를 그대로 보고했다.

"불이 난 공터 주변엔 크게 싸운 흔적이 곳곳에 보였고, 목이 잘린 시신도 한 구 발견됐습니다. 기프리쥬 경의 검이 근처에 떨어져 있는 걸로 보아 그곳에서 싸우다 패해 살해된 것 같습니다."

"대체 어느 놈이 외숙부를 죽여!"

분노한 트웰은 당장이라도 빌로프를 찢어 죽일 듯 노려봤다.

"목격자가 없는 숲 안에서 벌어진 일이라……."

"닥쳐라!"

트웰은 빌로프의 얼굴을 주먹으로 후려쳤다.

입술이 터진 빌로프는 뒤로 휘청거리다 바로 중심을 잡고 고개를 숙였다.

"죄송합니다, 왕자님. 현재 숲을 조사 중이고 지난밤 왕성에서 수상한 일은 없었는지 하나도 빠짐없이 일일이 확인하라고 지시를 내려 뒀습니다. 기프리쥬 경의 집 사람들도 모두 사령부로 압송해 기프리쥬 경의 최근 행적도 조사할 예정입니다."

"수단과 방법을 가리지 말고 밝혀내라. 병에 걸린 외숙부가 왜 그런 곳에서 싸우다 죽었는지. 네 자리를 걸고."

"예! 왕자님!"

긴장한 빌로프는 큰 소리로 대답했다.

"외숙부의 시신은 지금 어디에 있지?"

"사령부로 옮기라 명을 해 뒀습니다."

빌로프가 물러가자 1왕자는 굳은 얼굴로 내궁에 있는 어머니 엘리제를 찾아갔다.

왕과 왕비가 머무는 궁전 뒤편에 작지만 화려한 석조 건물이 있는데, 그곳이 바로 1왕자의 모친, 후궁 엘리제가 머무는 곳이었다.

50대 후반의 엘리제는 주름이 있긴 했지만 그 나이에 걸맞지 않은 미모를 여전히 유지했다.

머리를 땋아 위로 올린 그녀는 기품 있는 자세로 의자에 앉아 왕실 도서관에서 가지고 온 책을 읽고 있었다.

"어머니."

엘리제는 문을 거칠게 열고 들어오는 아들을 잠시 바라보다 책을 접고 말했다.

"내가 찾기 전까지 오는 법이 없더니 오늘은 무슨 일로 날먼저 찾아온 거냐."

트웰은 의자에 앉아 있는 어머니 앞으로 말없이 다가갔다.

외숙부와 그의 어머니는 나이 차이가 많이 난다. 외숙부는 그의 어머니에게도 오빠 이상의 존재였다.

몰락해 가는 가문이었기에 먹고살기 위해 외숙부는 용병일을 한동안 했고 그 돈으로 그의 모친은 왕성에서 화려하게 성장해 결국 아더 왕의 후궁이 되었다.

"어머니, 놀라지 마세요. 외숙부가 돌아가셨습니다."

한쪽 손에 들고 있던 엘리제의 책이 카펫 위로 떨어졌다.

그녀는 너무 놀랐는지 입이 굳은 사람처럼 트웰을 쳐다봤다.

"지, 지금 뭐라고 그랬니?"

"왕성 밖 숲에서 작은 불이 일어났는데, 그곳에서 외숙부의 시신을 발견했습니다. 빌로프 의견으로는 싸우다 살해된 것으로 보인답니다."

"아니야, 그럴 리가 없어."

현실을 부정하던 엘리제는 의자와 함께 뒤로 쓰러졌다.

"어머니!"

다급히 엘리제를 부축한 트웰은 시녀들을 불러 어머니를 침대에 눕히게 했다.

멍하니 천장을 올려다보던 엘리제는 고개를 옆으로 기울여 아들을 쳐다봤다.

"이건 음모다. 네가 왕이 되는 걸 거부하는 자들이 꾸민 음모야! 외숙부는 그들에 의해 살해된 거다! 왕성에서 존경받는 그분이 네게 힘이 될까 봐 죽인 거라고!"

발작적으로 외친 엘리제는 손을 뻗어 트웰의 단단한 손을 붙잡았다.

"이대로 있다간 너도 위험해질 수 있어. 일단 왕실 먼저 정리하자꾸나. 네게 공공연히 반감을 품어 온 자들에게 경고를 보내기 위해서라도 말이야."

"그게 무슨 말씀이십니까?"

"무슨 말인지 너도 잘 알잖니?"

엘리제의 눈빛이 차가워졌다.

"왕자들을 다 죽여라."

"어머니!"

"왕의 핏줄은 너 하나여야만 해!"

고함을 친 엘리제는 침대에서 벌떡 일어나 아들을 껴안았다.

"제발 부탁이다. 난 네가 왕국의 왕이 되는 모습을 꼭 보고 싶어. 그래, 이것이 좋겠구나. 외숙부의 죽음에 왕자들이 관련되어 있다고 사건을 만들어라. 아니, 실제로 그들 짓이야. 그들이 꾸민 짓이지. 그러니 넌 빌로프를 움직여 그렇게 만들어라."

트웰의 얼굴이 서서히 일그러졌다.

그는 자신을 껴안은 어머니를 힘으로 강하게 밀어 냈다.

그 힘을 견디지 못한 엘리제는 침대에 강하게 부딪혔다.

"트웰."

"어머니, 뭐가 그리 두렵습니까? 절 못 믿습니까? 이 트웰을 음모나 꾸며 형제들이나 죽이는 비겁한 작자로 만들 생각입니까?"

"널 위해서 한 말이다."

"내가 알아서 합니다!"

쿠웅!

트웰의 주먹에 침실 벽이 움푹 들어갔다.

"외숙부가 죽은 날입니다. 그분을 위해 눈물을 흘리세요.

제 앞날은 걱정하시지 말고 말입니다."

　잠시 어머니를 노려보던 트웰은 찬바람을 일으키며 돌아섰다.

　자극적인 소식은 늘 빠르게 퍼지는 것 같다.

　점심 무렵 구름 여관에서 나온 이안은 왕성 전체에 기프리쥬의 죽음이 퍼졌다는 것을 알게 됐다.

　일상에 지루해하던 왕성 주민들에게 그것은 매우 흥미롭고 자극적인 소재였다.

　"왕성 밖 숲에서 기프리쥬 경이 죽은 상태로 발견됐다더군."

　"누가 그런 짓을?"

　"기프리쥬 경은 1왕자의 외숙부가 아닌가? 당연히 1왕자 반대파에서 그랬겠지."

　"정말? 그럼 왕자들이 벌인 짓이라고? 설마 그럴 리가. 누가 오해받을 짓을 하겠나?"

　"그런 생각을 역이용할 수도 있는 거라고."

　이안은 광장을 지나치며 사람들 사이에서 흘러나오는 기프리쥬의 죽음과 관련된 이야기를 묵묵히 듣고만 있었다.

　그의 죽음이 이상한 쪽으로 흘러가고 있었다.

대체로 왕성에서 존경받는 기프리쥬를 죽여 1왕자의 힘을 약화시키려는 1왕자 반대파의 짓이라는 것이다.

'내가 나서서 진실을 말할 수도 없고.'

기프리쥬의 죽음을 안타까워하는 사람들도 많았다.

특히, 검술 학교는 교장인 기프리쥬의 죽음을 애도해 오늘부터 5일간 학교 문을 닫는다고 한다.

'약과 관련된 건 이쯤에서 끝내야 하나……'

약을 모두 파괴하고 약을 개발한 흑마법사도 죽었다. 기프리쥬도 스스로 화를 참지 못하고 피를 토하며 죽었다.

다만, 보헤샨이 죽기 전에 말한 의문의 복면인은 새로운 관심 대상이었다.

1왕자의 관련 유무도 끝내 밝혀내지 못했다.

드러난 자들은 모두 죽었지만 여전히 깔끔하지 않았다.

그래도 그가 할 수 있는 최대한의 노력을 기울였다.

더 이상 이 일에 매달려도 답이 나올 것 같지는 않았다.

관련자들이 모두 죽었으니 말이다.

"사탕이나 사러 가자."

이안은 톰의 집에서 바닥난 사탕을 사기 위해 사람들로 혼잡한 광장 거리를 벗어나려 했다.

"이봐! 잠깐 거기 서 봐!"

사람들을 헤치고 다가온 한 사람이 걸걸한 목소리로 이안에게 말을 걸어왔다.

후드로 가려진 이안의 표정이 살짝 굳어졌다.

귀에 익숙한 목소리였다.

'젠장, 이 녀석을 또 여기서 만나다니.'

이안은 옆으로 고개를 돌려 그에게 말을 건 사람을 쳐다봤다.

입 주변과 턱에 빳빳한 검은 수염이 가득 자란 막테로가 서 있었다.

"저기, 얼굴 좀 자세히 볼 수 있을까?"

막테로는 긴가민가하는 표정으로 이안의 위아래를 연신 살피며 말했다.

"오랜만이군, 막테로."

이안은 후드를 뒤로 젖혀 얼굴을 완전히 보여 줬다.

막테로의 얼굴이 환해졌다.

"아이고, 영주님, 역시 영주님이 맞으시군요! 크하하하!"

껄껄 웃는 막테로에게 이안이 조용하라는 듯 손가락을 들어 입에 세웠다.

"공식적으로 왕성에 온 게 아니니 사람들 주목받을 짓은 하지 말게."

"아, 예, 죄송합니다."

장대한 체격의 막테로는 뒷머리를 순박하게 긁적였다.

"조셉 왕자님은 잘 계시나?"

"예. 그때 다친 부상도 모두 회복하셨고, 지금은 아주 건

강하십니다. 한데, 왕성엔 무슨 일이십니까?"

"일이 좀 있어서 왔네."

담담히 말한 이안은 후드를 다시 앞으로 당겨 얼굴을 가렸다.

"영주님, 그때 이후로 조셉 왕자님께서 영주님 이야기를 자주 하셨습니다. 이렇게 왕성에 오셨는데 당연히 우리 왕자님을 만나시고 가셔야죠?"

"어, 뭐, 그렇긴 한데 말이야. 내가 좀…….'

"막테로, 누구하고 얘기하는 거야?"

조셉 왕자의 심복인 젊은 여인 시얀이 다가왔다.

"알베른의 영주님이셔. 내가 눈썰미가 좋아서 알아봤지, ㅎㅎㅎ."

자랑스럽게 얘기하는 막테로를 무시하고 시얀은 이안 앞에 섰다.

수행원 없이 왕성에 온 이안의 모습이 의외긴 하지만 전에도 홀로 여행하던 그를 만난 적이 있기 때문에 그녀는 크게 이상하게 생각하지는 않았다.

그녀는 조셉 왕자를 위기에서 구해 준 이안에게 진심으로 고마워했고, 그 마음은 시간이 흐른 지금도 마찬가지였다.

"또 뵙습니다, 영주님."

시얀은 공손히 인사를 했다.

"잘 있었나, 시얀?"

이안은 빙그레 웃었다. 하지만 웃는 겉모습과 달리 속마음은 난처해하고 있었다.

시얀까지 만난 이상 모른 척하고 그냥 지나칠 수가 없게 됐다. 어쩔 수 없이 조셉 왕자를 만나게 될 상황이다.

"예, 영주님. 왕성엔 어인 일이십니까? 왕자님을 만나러 오셨는지요?"

"다른 볼일 때문에 왔네."

"아, 그러시군요. 그래도 왕자님은 보고 가시는 게 어떠십니까? 왕자님께서는 영주님이 언제 방문하실지 모른다며 오래전부터 좋은 술을 준비하고 기다리고 계십니다."

"그런가?"

이안은 잠시 생각하다 고개를 끄덕였다.

"알겠네. 그럼 같이 가도록 하지. 앞장서게."

이안의 승낙에 시얀과 막테로의 얼굴이 밝아졌다.

그들은 이안을 매우 가깝게 느끼고 있었다. 그들이 섬기는 주인의 목숨과 그들 목숨까지 구해 줬으니, 어찌 보면 당연한 것인지도 모른다.

그들은 광장을 벗어나 북서쪽에 있는 조셉 왕자의 거처로 향했다.

조셉 왕자의 거처가 광장과 그리 멀지 않지만 시얀은 이안을 걷게 하는 게 미안했는지 거리에 서 있는 마차를 보며 말했다.

"영주님, 마차를 타고 가시겠습니까?"

"아닐세. 그냥 걷도록 하지. 왕성 거리도 구경하고 말이야."

광장 북서쪽 거리는 이안이 가 보지 않은 구역이었다.

그곳은 매우 한적하고 사람들의 통행도 뜸했다.

이쪽 거리는 왕자의 거리로 불리는 곳으로, 세 왕자인, 카사르와 바조, 조셉 왕자의 집이 일정한 간격을 두고 위치해 있었다.

전통적으로 이 왕자의 거리는 수백 년간 왕궁에서 밀려난 왕자들이 주로 살아왔기 때문에 왕성에서 가장 조용한 거리이기도 하다.

"광장에서 뭘 하고 있었던 건가?"

가로수가 길게 심어져 있는 거리를 걸으며 이안이 시얀에게 물었다.

"사람들의 목소리를 들었습니다. 광장에서 들리는 사람들의 목소리가 왕성의 민심을 대변하고 있거든요."

"사람들의 목소리라……."

"1왕자의 외숙부가 간밤에 왕성 밖 숲에서 죽었습니다. 그일과 관련해 왕성 민심이 어떤지 파악해 오라는 조셉 왕자님의 지시가 있었습니다."

시얀은 이안을 같은 편이라 생각했는지 속이지 않고 순순히 말해 줬다.

시얀의 대답에 이안은 속이 뜨끔했지만 내색하지 않고 물었다.

"그렇군. 민심이 어떤 것 같나?"

"1왕자에게는 유리하고 나머지 왕자들에게는 그리 좋지 않습니다. 1왕자 반대파에서 기프리쥬 경을 죽였다는 확인되지 않은 소문이 사실처럼 퍼지고 있어서요."

"그것이 조셉 왕자님에게 어떤 영향을 미치나?"

"글쎄요……. 조금 지켜봐야 할 것 같습니다. 이곳입니다, 영주님."

이안은 4왕자가 거느린 병사들이 지키고 있는 저택에 도착했다.

높은 돌담에 대문은 2층 높이로 웅장했다.

안으로 들어가자 양쪽에 분수대가 있는 넓은 정원이 보였다.

잘 가꿔진 정원을 지나쳐 넓은 저택 안으로 들어간 이안은 때마침 연무장에서 수련을 하고 땀으로 범벅이 된 얼굴로 나온 조셉과 마주쳤다.

"왕자님, 안녕하셨습니까?"

후드를 벗은 이안은 정중히 인사를 했다. 조셉의 눈이 한껏 커졌다.

"영주!"

반가운 표정으로 다가온 조셉은 이안을 격하게 포옹했다.

고풍스러운 응접실로 안내된 이안은 조셉 왕자가 땀에 젖은 옷을 갈아입고 오기를 기다렸다.

응접실은 천장이 매우 높았고 사방 벽엔 미려하게 그려진 화려한 색채의 벽화가 있었다.

조셉 왕자를 기다리며 벽화를 둘러보던 이안은 시얀에게 물었다.

"이 훌륭한 벽화는 누가 그린 건가?"

"앞서 이 집에 사셨던 왕가의 왕자분이 그리셨습니다. 3백 년 전의 작품입니다."

탁자에 차를 내려놓던 시얀이 답했다.

"왕자가 그렸다고?"

"네. 그분은 그림에 뛰어난 재능이 있으셨는지, 이렇게 벽화를 남기셨지요."

수백 년 전의 왕성 모습을 담은 듯한 벽화에는 광장과 시장 거리, 경기장, 대극장 앞에서 즐겁게 대화하는 사람 등 지금의 왕성 모습과 크게 다르지 않은 생동감 넘치는 모습이 담겨 있었다.

'왕성을 아주 사랑했나 보군. 응접실 안의 벽화들이 왕성의 일상을 자세히 묘사하고 있어.'

오래되어 색이 바랬어도 벽화는 여전히 살아 있는 듯 훌륭했다.

"이 벽화를 그린 왕자님은 어찌 됐나?"

"그림을 완성한 직후 유배되어 유배지에서 병들어 죽었다고 들었습니다."

"유배되었다고? 무슨 죄목으로?"

"반역죄입니다."

차분히 답한 시얀은 놀라는 이안에게 약간은 어두운 얼굴로 말을 이었다.

"수백 년간 왕자의 거리에 살았던 많은 왕자들의 최후는 좋지 않았습니다. 권력은 비정하거든요."

시얀의 말속에는 조셉 왕자의 안위를 걱정하는 깊은 충정이 깃들어 있었다.

"차를 드시죠. 저는 그만 나가 보겠습니다."

"고맙군."

공손히 허리를 숙여 보이고 나가는 시얀의 뒷모습을 잠시 지켜보던 이안은 의자에 앉았다.

집안의 내력을 알고 나니 벽화가 굉장히 어둡게 다가왔다.

그림에 심취한 왕자는 죽을 날을 기다리며 최후의 유작을 남긴 것인지도 모른다.

"남 걱정할 때가 아니지. 내 영지도 걱정인데."

왕위 전쟁이 나면 크게 왕실파와 대영주파로 나뉠 가능성이 높다.

어느 진영이든 줄을 서서 이안도 영지의 안전을 보장받아야 한다.

그의 결정에 그의 자리는 물론, 영지민들의 앞날이 결정된다.

영지민들에게 잘해 주는 건 없더라도 적어도 피해를 주지는 말아야 한다.

"책임을 진다는 건 늘 부담이 되는 일이야."

이안은 푸른 잎사귀가 그려진 도자기 찻잔을 들어 차를 품위 있게 음미했다.

장소가 장소이니만큼 자유롭게 행동하기보단 조금은 격식을 따져 주는 것도 필요하다.

"기다리게 해서 미안하오, 영주."

옷을 갈아입고 나온 조셉은 큰 걸음으로 성큼성큼 걸어 이안이 있는 탁자 곁으로 다가왔다.

"괜찮습니다, 왕자님."

조셉 왕자가 들어올 때 의자에서 일어나 맞이해 준 이안은 조셉이 자리를 권하자 다시 의자에 앉았다.

"그렇지 않아도 요즘 부쩍 영주 생각을 하고 있었는데, 이렇게 다시 만나니 정말 기쁘오. 왕성에 정말 잘 와 주셨소."

"죄송하지만 왕자님 때문에 왕성을 방문한 건 아닙니다. 다른 볼일이 있어서 왔습니다."

이안은 혹시 조셉이 오해를 할까 싶어 확실히 말을 해 두었다.

자칫, 그가 왕실을 지지하는 영주로 찾아왔다고 생각할 수도 있기 때문이다.

"아무튼 왕성에 온 게 맞지 않소?"

조셉은 서운해하지 않고 가볍게 웃으며 찻잔을 들었다.

"뭐 그렇긴 하군요."

이안도 빙그레 웃으며 찻잔을 들어 입가에 가져갔다.

"그래, 왕성엔 무슨 일로 오신 거요? 수하들도 없이 혼자 왔다고 들었는데."

이안은 기프리쥬와 흑마법사가 계약을 맺어 끔찍한 약을 만들려 했다는 것을 알려 주어야 하는지 조셉 왕자를 만나러 오면서 고민했다.

그가 경험한 조셉 왕자는 적어도 이런 일에 분노할 사람으로 보였던 것이다.

하지만 이안은 섣불리 말을 꺼낼 수 없었다.

조셉은 명분을 만들어 왕위 전쟁을 일으키려는 세력에 단호히 반대하는 입장이다.

어떤 전쟁이든 피해는 백성이 보고, 그렇기 때문에 싫어도 1왕자를 지지한다는 소신에 찬 말을 이안에게 해 주었다.

그런 강한 기질의 사내다.

기프리쥬와 관련된 이야기를 꺼내는 순간, 그는 아마도 바로 1왕자에게 달려가 그 일과 관련 있는지 확인하려고 할 것이다.

이안이 후폭풍에 휘말릴 수도 있다.

'나만 난처한 상황에 처할지도.'

진실을 쉽게 말할 수 없는 입장이다.

"그리 큰일이 아닌 개인적인 일입니다. 자세히 말씀드리지 못함을 이해해 주십시오."

차분한 눈빛으로 말을 하는 이안의 얼굴을 물끄러미 들여다보던 조셉 왕자는 가볍게 웃으며 팔걸이에 손을 올렸다.

"괜찮소. 각자 사정이 있는 것이니까. 한데, 이거 미안한 말을 해야겠습니다. 내가 지금 궁으로 들어가 봐야 해서 말이오."

"아, 그렇습니까?"

"영주께서도 광장에 있었다니 소문을 들으셨을 겁니다. 1왕자 외숙부의 사망 소식을 말입니다."

"예, 저도 들었습니다. 그 일과 관련해서 궁에 들어가는 겁니까?"

조셉은 무거운 얼굴로 고개를 끄덕였다.

"작은 사건이 아니니까. 외숙부를 좋아하는 1왕자는 이 일에 굉장히 분노하고 있을 거요. 그 불똥이 어디로 튈지 벌써부터 난 걱정이라오."

"그렇군요. 왕자님은 여전히 1왕자님을 지지하시는 겁니까?"

이안은 조용한 어조로 물었다.

"왕실이 갈라지면 갈라질수록 전쟁이 벌어질 가능성은 높아질 거요. 강하게 하나로 뭉쳐, 대영주들이 딴생각을 못 하게 하는 게 필요하오. 그 중심이 바로 1왕자요. 이건 내 사적인 감정과는 별개의 문제지."

조셉 왕자의 눈빛이 강하게 빛났다.

"왕실이 하나로 단합된다 해서 과연 전쟁이 발발하지 않을까요?"

"음……."

조셉 왕자는 묵직한 신음을 흘렸다. 아픈 지적이다.

"최선을 다해 보는 수밖에. 만약 그래도 전쟁이 난다면 내 뼈가 으스러져 사라질 때까지 난 대영주들과 싸울 수밖에 없소."

차가운 말을 내뱉은 조셉 왕자는 자리에서 일어났다.

"궁에서 돌아온 후 영주를 위해 준비한 좋을 술을 대접하겠소. 기다려 주시겠소?"

"물론입니다. 밤에 다시 오도록 하죠."

"숙소는 잡으셨소?"

"예, 구름 여관이라는 좋은 여관이 있더군요."

이안도 자리에서 일어났다.

"그러지 말고 내 집에서 머무시는 게 어떠시오? 제일 좋은 방으로 준비시키겠소."

이안은 잠시 생각하다 고개를 저었다.

"호의는 감사하나 왕성 여관이 의외로 즐겁더군요. 잠은 그쪽에서 자도록 하겠습니다."

"과연 내가 준비한 술을 마시고도 여관까지 가서 자려고 할까?"

소리 내어 웃은 조셉은 이안과 함께 응접실을 나섰다.

"그럼 밤에 다시 오도록 하겠습니다, 왕자님."

"막테로, 마차를 준비해 영주님을 구름 여관까지 모셔다 드려라."

"예, 왕자님!"

이안은 사양하려고 했지만 왕자의 호의를 계속 거절하는 것도 예의가 아니어서 마차에 올랐다.

조셉 왕자의 집을 벗어난 마차가 잘 정비된 길을 따라 거침없이 이동했다.

광장을 지나쳐 북쪽 거리로 달리던 마차 안에서 이안이 말했다.

"막테로, 마차를 멈추게."

이안은 멈춰진 마차에서 내렸다.

"영주님, 구름 여관까지 가시는 게 아니었습니까?"

"갈 곳이 있어서 말일세. 자넨 이만 돌아가도 좋아."

"알겠습니다, 영주님. 그럼 이따 밤에 뵙겠습니다."

꾸벅 고개를 숙여 인사를 한 막테로는 마차를 돌려 왔던

길로 되돌아갔다.

웬만한 포스 검사들은 쉽게 이길 수 있는 막테로인데 왕자의 지시에 마부 역할도 군말 없이 하고 있었다.

다시 봐도 왕자에게 충성스러운 부하였다.

'내게도 저런 수하가 있잖아.'

이안은 영주 성에 있는 론도와 하르몬드를 비롯해 그가 기억하는 성의 모든 병사들을 떠올렸다.

그들의 충성심은 의심할 여지가 없었다.

뒤가 든든해진 이안은 사탕을 사러 톰의 집으로 향했다.

사령부 지하 감옥에서 심문받는 기프리쥬의 집 일꾼들은 10여 명이 넘었다.

늙은 집사부터 젊은 하녀들까지.

병사들은 기프리쥬의 죽음에 대해 아는 것을 모두 털어놓으라며 그들을 윽박지르고 매를 때렸다.

하지만 그들은 간밤에 기프리쥬가 저택을 나갔다는 것도 모르고 있었다.

"억울합니다! 저는 아무것도 모릅니다!"

지하 감옥은 일꾼들의 비명 소리와 흐느껴 우는 소리가 뒤엉켜 있었다.

지하 감방 여러 곳에서 동시에 벌어지는 심문을 복도에서 묵묵히 지켜보던 빌로프는 차가운 표정으로 말했다.

"기프리쥬 경의 집도 조사해라. 바닥이며 벽이며 다 뜯어 내. 벽돌 한 장까지."

"예! 부사령관님!"

이번 일을 해결 못 하면 사령관직에 오르는 일은 고사하고 부사령관직에서도 내려와야 할지 모른다.

신경이 곤두선 빌로프는 1왕자를 만족시킬 만한 결과물을 찾아내야만 했다.

"부사령관님, 숲에서 추가로 발견한 시신이 도착했습니다."

"이곳으로 가지고 와."

잠시 후 들것에 실린 두 구의 시신이 지하 감옥 안으로 옮겨졌다.

흑마법사 보헤샨과 머리만 남은 모딜이었다.

빌로프는 허리를 굽혀 보헤샨의 얼굴을 자세히 살폈다.

아는 얼굴이 아니었다.

소지품에서도 신분을 밝혀 줄 만한 것이 없다.

단지, 특이하게도 두개골이 옷 안쪽에서 발견됐는데, 겉 표면에 알 수 없는 문양들이 복잡하게 그려져 있었다.

그는 머리만 남은 모딜에게 시선을 돌렸다.

"목 없는 시신을 가져와라."

기프리쥬 근처에서 발견된 목 없는 시신을 떠올린 빌로프는 그 시신을 가져오게 했다.

바로 근처 석실에 있었기 때문에 병사들이 바로 옮겨 왔다.

시체 위에 머리를 가져다 댔다. 머리 없는 시신과 자연스럽게 붙었다.

'이놈이었군.'

비로소 머리 없는 시신의 주인공을 찾은 빌로프는 보헤샨과 모딜의 시신을 한동안 내려다봤다.

'알 수 없군. 이들은 기프리쥬와 어떤 관계지?'

기프리쥬를 죽인 자가 이들까지 죽인 것 같았다.

이들은 기프리쥬가 발견된 공터에서 멀리 떨어져서 발견됐다.

도망치다 당한 걸 수도 있다.

'머리는 또 왜 잘라서 그곳에 가져다 놓은 걸까?'

모든 게 의문투성이다.

"일꾼들을 모두 데리고 나와."

심문은 중지됐고 시체가 놓여 있는 지하 감옥 복도로 기프리쥬 집의 일꾼들이 차례로 걸어 나왔다.

성한 사람이 없었다.

"시신의 얼굴을 잘 봐라. 아는 얼굴인지. 이들에 정체를 아는 사람은 즉시 내보내 주겠다."

겁에 질린 일꾼들은 눈을 크게 뜨고 봤다. 제발 아는 사람이기를 바라면서.

하지만 그들은 곧 실망한 표정으로 빌로프의 눈치를 봤다.

"아는 사람이 아무도 없나?"

"모, 모르는 사람입니다. 제발 저희들을 그만 보내 주십시오. 저희들은 아는 게 정말 없습니다. 주인님의 죽음이 저희들도 너무 슬프고 가슴 아픕니다."

이마에서 피를 흘리는 늙은 집사가 울고 있는 하녀들을 대표해 부사령관에게 애원했다.

빌로프는 모딜의 머리를 들어 애원하는 늙은 집사의 얼굴을 강하게 후려쳤다.

"주인의 죽음이 가슴 아프다고? 그런 놈이 주인이 간밤에 집을 나선 것도 모르고 있어?"

"부사령관님, 그건⋯⋯."

얼굴이 길게 찢어진 늙은 집사는 복도 벽에 등을 기대어 몸을 떨었다.

"건방진 놈."

빌로프는 모딜의 머리를 들고 늙은 집사에게 다가갔다.

그에게 이래라저래라 할 수 있는 사람은 직속상관인 1왕자와 국왕밖에 없다.

"처음부터 마음에 안 들었어."

눈빛이 차가워진 빌로프가 모딜의 머리로 늙은 집사의 머리를 힘껏 내려치려 했다.

"부사령관님!"

부관이 급히 뛰어왔다. 집사를 때리려던 빌로프의 손길이 멈췄다.

뒤돌아선 그는 부관을 응시했다.

"무슨 일이냐?"

"어젯밤에 항구 마을 여관에서 작은 소란이 있었다고 합니다. 기프리쥬 경과 관련이 있을지 몰라 그 여관과 그 여관 주인을 조사하려 했는데, 해군들이 막고 있습니다."

"그놈들이 왜?"

"항구 마을은 자신들 관할 구역이라는 주장입니다. 조사를 시도하던 병사들을 강제로 항구 마을 밖으로 밀어 냈습니다."

"이놈들이 제정신이 아니군."

빌로프는 모딜의 머리를 바닥에 툭 내려놨다.

"이들을 가둬라."

"심문은 어찌할까요?"

심문관의 물음에 빌로프는 싸늘한 눈빛으로 떨고 있는 집사와 하녀들을 둘러봤다.

"다시 시작해."

기프리쥬의 죽음으로 인해 비상 대기 중인 2천여 명 가까운 기병들이 왕성을 떠나 곧장 항구 마을로 향했다.

　"비켜라!"

　전쟁터로 나가듯 완전무장을 한 왕성 수비군 기병들은 노도처럼 항구 마을에 밀어닥쳤다.

　평소 왕성 수비군들이 항구 마을에서 활개를 못 치고 다니게 은연중 경계를 하던 왕실 함대 소속 해군들은 감히 막을 엄두도 못 내고 옆으로 급히 몸을 피했다.

　백여 명도 안 되는 수로 2천여 필의 말이 내뿜는 기세를 버틸 수는 없었다.

　단번에 항구 마을 입구를 돌파한 기병들은 넓은 거리를 메우며 항구 마을 외진 곳에 위치한 '달' 여관에 도착했다.

　"많이도 데리고 왔군."

　위에서 들리는 목소리에 빌로프는 고개를 들어 여관 건물을 올려다봤다.

　창문이 깨진 여관 3층 창가에 3왕자 바조가 기대어 그를 내려다보고 있었다.

　뜻밖의 상황에 빌로프는 살짝 당황하며 말에서 내렸다.

　"왕자님."

　"사람들이 놀라겠군. 병사들을 보내게."

"송구하오나, 저는 기프리쥬 경의 죽음을 조사하라는 1왕자님의 명을 받들고 움직이고 있습니다. 해군들이 제 수하들을 막고 있어 부득불 병사들과 함께 온 것입니다."

"조사에 협조할 테니 병사들을 돌려보내게."

3왕자의 약속에 빌로프는 부관에게 눈짓을 했다.

그러자 부관이 병사 일부만 남기고 모두 왕성으로 복귀하도록 조치를 취했다.

"올라오게."

빌로프는 항구에서 가장 오래되어 언제 무너질지 모르는 허름하고 낡은 여관 안으로 걸어 들어갔다.

3왕자를 섬기는 호위들이 계단에 길게 늘어서서 올라가는 그를 매섭게 노려봤다.

'배나 타고 다니는 놈들이 감히 왕성을 지키는 나를.'

대대로 왕성 수비군에 몸담아 온 가문 출신이었기 때문에 빌로프는 은연중 왕실 함대 해군들을 무시하는 경향이 있었다.

3층에 도착한 빌로프는 3왕자가 혼자 서 있는 방 안을 가볍게 살피며 들어갔다. 부서진 집기류가 어수선하게 흩어져 있었고, 나무 침대는 반으로 잘려 벌어져 있었다.

'엉망이군.'

그가 걸을 때마다 신경을 자극하는 삐걱거리는 나무 바닥 소리가 계속 울렸다.

"항구 마을은 해군들이 관리하는 구역이야. 수백 년간 이어져 내려온 전통이지. 그걸 무시하는 건 왕실 함대를 무시하고 더 나아가 사령관인 나를 무시하는 행사다."

"존중하지만 지금은 비상 상황이 아닙니까? 1왕자님의 외숙부가 살해된 사건입니다."

3왕자 앞에서도 빌로프는 조금도 위축되지 않았다.

"한데, 이 여관이 뭐기에 왕자님까지 와 계시는 겁니까?"

빌로프는 의심에 찬 눈초리로 작은 체구의 3왕자를 바라봤다.

"수비군 병사와 마찰이 있었다고 보고를 받았다. 그래서 한번 와 본 것이야. 때맞춰 그대가 온 것이고."

"이 여관과 항구 마을을 조사해도 되겠습니까?"

3왕자는 천천히 고개를 끄덕였다.

"조사하게. 허락하지. 1왕자의 일은 내 문제이기도 하니까."

협조를 안 하면 엉뚱하게 이 일에 휩쓸려 의심을 받을 수도 있다.

3왕자가 호위들과 사라지는 모습을 3층 여관 창문에서 차가운 시선으로 내려다보던 빌로프는 뒤에 서 있는 부관에게 명령했다.

"여관 주인을 데리고 와."

델고아 집은 달콤한 사탕 향으로 가득했다.

'온몸이 사탕향으로 물들겠어.'

톰의 집 안으로 들어간 이안은 건조 중인 수천 개의 사탕들을 둘러봤다.

마치 붕어빵을 찍어 내듯 일정한 틀 안에 사탕액을 넣은 후, 어느 정도 시간이 지나 둥글게 틀이 잡혀 굳어지면 나무판에서 떼어 내 서로 달라붙지 않게 밀가루 같은 흰 가루를 묻혀 자연 건조를 시키고 있었다.

그래서 열린 창문으로 바람이 들어올 때면 달콤한 향이 집 안 곳곳으로 퍼져 갔다.

"아저씨, 머리 아프시죠? 너무 향이 강해서 머리 아파하는 사람도 있어요."

톰은 밝은 미소를 보였다.

"괜찮은데?"

이안은 코를 벌렁거리며 오히려 향을 깊게 흡입하는 모습을 보여 줬다.

"부모님은 어디 가셨어?"

"네. 가게 자리를 알아보러 가셨어요. 사탕 구입을 문의하는 사람들이 갑자기 집으로 여러 명 찾아와서요. 아마도 아버지 기술을 훔쳐 간 사람이 잘못되는 바람에 우릴 찾아온 것 같아요."

"잘됐구나."

"헤헤, 감사합니다. 이게 다 아저씨 덕분이에요. 저어, 그런데 하던 일 좀 마무리해도 될까요? 끓여 놓은 사탕액이 굳으면 안 되거든요."

이안은 웃으며 고개를 끄덕였다.

"물론이지."

"고맙습니다. 금방 끝나요."

사탕 틀에 정성 들여 사탕액을 넣고 있는 톰을 뒤에서 물끄러미 바라보던 이안이 조용히 물었다.

"아직 몸이 덜 회복됐을 텐데, 그렇게 움직여도 괜찮아?"

"이 정돈 괜찮아요. 힘든 일은 아버지가 하시고, 전 사탕액만 붓고 있어요."

배시시 웃은 톰은 약간 절뚝이며 수십 개의 사탕 틀에 사탕액을 흘리지 않고 정량을 딱딱 맞춰 붓고 있었다.

한두 번 해 본 솜씨가 아니다.

사탕액이 든 주전자가 바닥을 드러내자 그때서야 톰은 이마에 맺힌 땀을 훔치며 뒤돌아섰다.

"다 됐어요."

"아주 집중해서 하는구나."

두 사람은 벽에 기대 앉아 건조되는 수천 개의 사탕들을 멍하니 바라보았다.

"이렇게 많은 사탕들을 한 번에 만드는 것은 오랜만이에요. 제가 어렸을 때 이후로요."

"지금도 넌 어리다."

"그런가요? 전 다 큰 것 같은데요."

톰은 행복한 얼굴로 건조되는 사탕들을 바라보다 저도 모르게 잠이 들었다.

이안은 그의 어깨에 기대 잠이 든 톰을 말없이 응시하다 손을 내밀어 건조 중인 사탕을 하나 집으려 했다.

하지만 손이 닿지 않아 그를 안타깝게 만들었다.

몸을 뒤척이면 톰이 깰 것 같아 그는 입맛만 다셨다.

'이럴 때 내공이 있으면 좋았을 텐데.'

지구에서 그가 수련한 내공의 깊이는 10년 정도 된다. 기공권을 수련한 지 7년 만에 10년 치 내공을 가지게 된 그는 당시 1미터 정도 떨어져 있는 라이터 정도는 내공의 힘으로 끌어당길 수 있었다.

기공권엔 허공섭물로 불리는 이 기술을 공격 수법으로 활용하는 방법이 있지만, 내공이 적어도 30년은 되어야 시도할 수 있었다.

그에게는 그림의 떡이었고 그저 담배를 피우기 위해 라이터를 슬쩍 끌어당기는 용도로만 사용했다.

'사탕은 무리 없이 움직일 수 있는데 말이야.'

워프도 있고 포스도 사용할 수 있지만 왠지 단전에 내공이 없는 것은 허전했다.

기공권의 위력도 제대로 살리지 못하고.

시간이 해결해 주리라 믿고 꾸준히 축기를 시도하지만 아직 여의치 않았다.

'사탕 때문에 내공을 찾다니.'

상황이 우스웠는지 이안은 피식 웃다가 들숨과 날숨을 일정하게 유지하며 자연스럽게 기를 몸 주위로 이끌었다.

벽에 등을 기대어 편안하게 앉아 있는 이안의 몸 주위로 포스들이 모여들었다.

지구에서의 기가 이곳에선 포스다.

'난 열려 있는 존재, 무엇이든 받아들인다.'

마음을 활짝 열어 세상을 받아들인다는 생각으로 이안은 포스를 부드럽게 잡아당겼다.

'받아들인다'라는 마음을 품는 순간, 이안의 몸을 감싼 포스들이 부르르 떨다 이안의 전신으로 스며들기 시작했다.

끈질기게 거부하던 포스가 마침내 몸속으로 들어온 것이다.

처음엔 봄비처럼 촉촉하게 들어오다 어느 순간 폭풍우처럼 그의 전신으로 파고들어 왔다.

그것은 온몸의 세포들이 환희하는 쾌감을 선사했다.

지구에서 기공 입문법을 통해 처음 축기에 성공했을 때 느꼈던 그 쾌감을 수백 배 뛰어넘는 엄청난 희열이었다.

'아!'

이안은 자신도 모르게 속으로 탄성을 자아냈고, 포스는 그의 온몸을 구석구석 매만지며 여러 바퀴 돈 후 단전으로 모여들었다.

콰앙!

막혔던 단전의 한 공간이 깨지며 내공이 쌓이기 시작했다.

티끌만큼 작았던 내공은 회오리치며 점점 쌓여 갔고 시간이 흐를수록 거침없이 커져 갔다.

쿠쿠쿠쿵.

거실에서 건조되던 수천 개의 사탕들이 지진이라도 난 듯 위아래로 들썩였다.

그러나 이안은 인식하지 못했고 이안의 어깨에 기대 깊이 잠이 든 톰도 침을 흘리며 잠에서 깨지 않았다.

왕성의 모든 포스들이 이안을 향해 모이듯 톰의 집 지붕 위엔 거대한 포스의 띠가 형성되어 '받아들인다'라는 마음을 품고 있는 이안을 향해 끊임없이 빨려 들어갔다.

지켜보던 블란조르의 표정이 시시각각 변해 갔다.

'포스를 체내에 쌓고 있다. 그것도 말할 수 없이 많은 양을.'

블란조르는 이안이 그토록 노력하던 내공이 체내에 쌓이고 있다는 것을 기뻐하면서도 한편으론 저러다 몸이 버티지 못하고 폭발을 일으키는 것은 아닌지 우려가 됐다.

그만큼 이안의 몸속에 흡수되는 포스의 양은 막대했다.

'순간적으로 어떤 깨달음을 얻은 것 같은데.'

블란조르는 중간에 이안을 깨우는 것이 좋을지 아니면 그대로 지켜봐야 할지 갈등했다.

하지만 그는 이안을 믿기로 했다.

포스를 한없이 단전으로 끌어 들여 내공을 쌓던 이안의 몸이 허공으로 약간 떠올랐다.

그의 전신에선 황금빛 서광이 줄기줄기 뻗어 나가 집 안을 온통 황금색으로 물들였다.

장엄한 그 광경에 블란조르는 감탄했다.

허공에 약간 떠올라 황금빛을 뿌리던 이안의 몸이 서서히 땅으로 내려왔다.

이안의 몸을 감싼 포스들이 더는 이안의 몸으로 빨려 들어가지 않고 주위로 흩어져 갔다.

번쩍.

이안이 눈을 뜨자 그의 눈에 번갯불 같은 광채가 순간 어리다 사라졌다.

눈빛이 한층 깊어진 이안은 사탕을 향해 손을 내밀었다. 사탕이 둥둥 떠서 그의 손아귀로 빨려 들어왔다.

입안에 사탕을 넣은 이안은 옆으로 다가온 블란조르를 향해 빙그레 미소를 보냈다.

"이거 어쩌면 좋지?"

－뭐가 잘못됐느냐?

"잘못돼도 크게 잘못됐지. 단전에 1갑자 내공이 생겼으니까."

이안은 가게 자리를 보고 온 델고아에게 사탕을 사며 금화 20개를 지불했다.

공짜로 주려던 델고아와 그의 아내는 깜짝 놀라 사양하려 했지만 이안은 부드럽게 웃었다.

"받으세요. 오늘 이 집에서 아주 좋은 일이 있었습니다. 이 정도 금화로도 부족하지만, 더는 안 받으실 것 같아 이 정도만 드리는 겁니다."

"무슨 일인지 모르지만 매번 도움받는 것도 염치가 없습니다. 절대 받을 수 없습니다."

단호한 델고아의 어투에 이안은 더는 권하지 않았다.

"좋습니다. 그럼 이렇게 하지요. 제가 며칠 후에 왕성을 떠날 것 같습니다. 사탕 선물을 하고 싶은 사람이 있는데, 선물용 사탕을 만들어 주십시오. 이것은 그것에 대한 비용입니다."

잠시 망설이던 델고아는 고개를 끄덕이며 돈을 받았다.

"알겠습니다. 선물은 누구에게 주는 겁니까?"

이안은 뭐라고 말을 해야 할지 순간 고민을 하다 쑥스러운 표정으로 답했다.

"좋아하는 여자가 있습니다."

"그렇군요. 알겠습니다. 아주 맛있고 멋진 사탕을 만들어 놓겠습니다."

이안은 옆에서 웃고 있는 톰의 머리를 한번 쓰다듬어 주었다.

"나중에 보자."

"네, 아저씨."

이안은 델고아의 집을 나와 거리로 나섰다.

세상이 달라 보였다.

사람들의 움직임이 한없이 느려 보였고, 그의 몸은 깃털처럼 가볍게 느껴져 이대로 하늘을 훨훨 날아갈 수 있을 것 같았다.

1갑자 내공이 쌓인 그의 단전은 다이아몬드라도 박힌 것처럼 부서지지 않는 강인한 기분을 그에게 선사했다.

이안은 걸으며 축기를 시도했다.

포스가 은은히 그의 몸속으로 흡수됐다.

아까처럼 폭포수처럼 단전에 쌓이진 않았다. 그땐 받아들인다라는 마음속의 깨달음이 가져다준 하나의 기연 같은 선물이었다.

'그래도 이것도 굉장한 속도야. 지구에서 단전에 쌓이는

내공의 속도보다 수십 배나 빨리 쌓이고 있어.'

일시에 1갑자가 쌓이는 기연은 사라졌지만 이 속도로 꾸준히 내공을 쌓으면 1년이 안 돼 1갑자 내공은 또 쌓일 것이다.

지구에서와는 비교도 안 되는 축기 속도다.

-고대 거인족의 포스 수련법이 너로 인해 부활됐구나. 축하한다.

블란조르는 무심한 눈빛으로 말을 했지만 입가엔 숨길 수 없는 미소가 어려 있었다.

"고마워. 이게 다 그때 블란조르가 고대 거인족과 용이 싸운 이야기를 해 줘서 그래. 내공을 포기하지 않도록 동기부여가 됐거든."

고대 거인족은 체내에 포스를 수련한 특별한 존재로, 고대 용과 맞서 싸운 영웅이었다.

"아, 그런데 말이야. 고대 거인 일족도 고대 용이 남긴 세 가지 물건에 혹해서 사람들과 다퉜나?"

이안의 물음에 블란조르는 무거운 얼굴로 한동안 침묵을 지키다 대답을 했다.

-고대 거인 일족도 예외는 아니었다.

"그렇구나……. 난 거인족만큼은 고대 용의 꼼수에 넘어가지 않았을 줄 알았지."

-고대 용이 인간들을 분열시키기 위해 남긴 세 가지 물건

의 유혹에 넘어가지 않은 사람은 단 한 사람뿐이었다.

"그게 누군데?"

걸음을 멈춘 이안이 블란조르를 쳐다봤다.

─그는 고대 샬렌교의 교주다.

"뭐? 샬렌교의 교주라고?"

놀라는 이안에게 블란조르는 태양을 올려다보며 담담히 대꾸했다.

─그야말로 모든 인간들을 압도하는 진정한 영웅이었다.

2왕자 카사르는 어린 두 아들이 후원에서 뛰어노는 모습을 흐뭇한 얼굴로 바라보았다.

열 살이 채 되지 않은 큰아들과 한 살 터울인 작은아들은 추운 날씨에도 불구하고 땀을 뻘뻘 흘리며 둥근 공을 차지하기 위해 몸을 부딪치고 발을 걸어 상대를 넘어뜨렸다.

'트웰, 너는 자식이 있다는 기쁨을 영원히 모를 것이다.'

1왕자의 지위에 대해 마음속으로 불만을 품어 온 그에게 건강한 두 자식은 유일한 위안이었다.

흐뭇한 얼굴로 아이들을 보던 그의 얼굴이 살짝 굳어졌다. 공을 가지고 잘 놀던 아이들이 갑자기 주먹질과 발길질을 하며 난폭하게 싸우고 있었다.

삐이이익!

카사르가 휘파람을 불자 정원에서 다투던 그의 두 아들이
싸움을 멈추고 빠르게 달려왔다.

두 아들의 얼굴에 멍이 들고 코피가 나고 있었다.

"아버지!"

거칠게 숨을 토하는 두 아들에게 카사르는 엄한 눈빛으로
말했다.

"왜 또 싸운 거냐?"

"형이 얼굴을 먼저 때렸습니다, 아버지."

"아니에요, 아버지. 이 녀석이 먼저 팔꿈치로 제 얼굴을
쳤습니다."

서로 다른 주장을 하는 아이들에게 카사르는 매섭게 말했
다.

"어떤 이유로든 형제간에 피를 봐서는 안 된다. 너희들은
절대 그러면 안 돼."

"죄송합니다, 아버지."

두 아들이 고개를 푹 숙였다.

"바조 숙부를 보거라. 숙부와 아버지가 어떤 사이인지 말
이야. 너희들은 친형제들이다. 다른 자들에게는 차가워도 친
형제간에는 서로 목숨을 내줄 정도로 아껴야 해. 그것이 너
희들을 강하게 하고 서로를 보호하는 힘이 될 것이다. 알겠
느냐?"

갑질하는 영주님

"명심하겠습니다."

"그만하라 할 때까지 멈추지 말고 후원을 뛰어."

두 아들이 시무룩한 얼굴로 넓은 후원의 바깥쪽으로 뛰기 시작했다.

거친 숨을 몰아쉬며 달리는 두 아들의 모습을 바라보는 그의 곁으로 3왕자가 다가왔다.

"형님, 또 아이들에게 벌을 주고 있는 겁니까?"

"하루가 멀다 하고 치고받고 싸우는데 그걸 마냥 지켜볼 수가 있냐? 혼을 내 줘야지."

"우리 어릴 때를 생각해 보십시오. 우리도 똑같았지 않습니까?"

"그렇긴 하지."

카사르는 피식 웃으며 바조를 돌아봤다.

"기프리쥬가 죽은 것 때문에 왔느냐?"

"그렇습니다, 형님."

바조는 다소 무거운 표정으로 답했다.

"흥! 차라리 잘됐다. 그렇잖아도 기프리쥬는 껄끄러운 존재였는데 말이야. 누가 죽였는지 아주 잘 죽였어."

"형님, 기프리쥬의 죽음이 마치 우리들과 관련이 있는 것처럼 날조된 소문이 떠돌고 있습니다."

동생의 말에 카사르는 낮게 소리 내어 웃었다.

"웃기는군."

"기프리쥬가 죽기 직전에 항구 마을 여관에 들렀었습니다."

"그게 무슨 말이냐?"

"제 수하들이 여관 주인과 항구 마을의 목격자들을 통해 조사한 내용입니다. 밤늦게 여관의 한 방에서 싸움이 발생했는데, 그곳에 기프리쥬가 있었던 것 같습니다. 싸움은 여관 방 안에서 끝난 게 아니라 그 숲까지 이어졌습니다. 그 결과 기프리쥬가 살해된 것이지요."

카사르는 미간을 좁혔다.

"그가 왜 항구 마을 여관까지 가서 싸움을 벌인 거지?"

"그건 모르겠습니다. 다만 싸움이 벌어진 방엔 금발의 노파가 투숙하고 있었답니다. 그녀와 동행한 젊은 사내가 바로 그 옆방에 묵었고 말입니다. 싸움이 벌어진 후, 그들도 함께 사라졌습니다."

"그들이 기프리쥬를 죽인 범인들인가?"

"그건 확실하지 않습니다. 또 다른 자도 있었으니까요."

바조는 후원을 뛰고 있는 조카들을 응시했다.

"기프리쥬와 여관에 묵었던 그들이 한 사람을 추격해 숲으로 함께 들어가는 것을 본 사람이 있습니다. 범인은 기프리쥬에게 쫓기던 그자일 수도 있습니다."

"재밌군. 기프리쥬에게도 비밀스러운 사정이 있는 건가?"

카사르는 차갑게 미소를 지었다.

은밀한 시간에 항구 마을 여관에서 1왕자 외숙부가 싸움을 벌였다는 것은 뭔가 구린 일에 연관되어 있다는 것을 암시했다.

숲 안에서 발견된 그의 비참한 시신을 봐도 그렇다.

"1왕자 쪽에는 정보를 제공했느냐?"

"아직 안 했습니다. 하지만 빌로프가 문제의 여관에 도착해 조사를 시작했으니, 곧 그들도 간밤의 사건 정황을 어느 정도 파악하게 될 겁니다."

"그럼 우리는 더 이상 신경 쓸 일이 없는 게 아니냐? 소문처럼 우리가 관련되어 있지 않다는 것을 1왕자 측도 알게 될 터."

"그렇긴 합니다만 그래도 조심하는 게 좋지 않겠습니까? 형님, 플론을 만나는 건 뒤로 미루시죠."

1왕자를 암살하고 대영주 롤만의 지지를 받아 왕이 되려는 2왕자는 오늘 밤 항구에 정박해 있는 쉘런 상단의 배에서 롤만의 심복 플론을 만날 생각이었다.

며칠 전 대극장에서 롤만의 제안이 담긴 편지를 받은 것에 대한 화답 차원이었다.

"항구는 너의 영역이다. 너무 신경 쓰는 거 아니냐?"

"빌로프의 수하들이 오늘부터 항구를 조사하고 감시할 겁니다. 제가 허락을 했으니까요."

"아니, 왜 그런 짓을?"

카사르가 눈살을 찌푸렸다.

"기프리쥬 사건 때문에 어쩔 수 없었습니다. 1왕자와 지금 부딪칠 수는 없으니까요."

"음."

"형님이 항구로 오면 바로 빌로프의 수하들이 관심을 갖게 될 겁니다. 그러니 플론은 제게 맡기시고 형님은 집에 계십시오."

"네가 플론을 만나겠다고?"

"저야 항구를 가는 게 자연스러우니까요. 왕실 함대가 항구에 있지 않습니까?"

왕실 함대 사령관인 바조는 왕자의 거리에 집이 있지만 대부분의 시간을 함대 사령부가 있는 항구 마을에서 보낸다.

"우리의 뜻을 플론에게 명확히 전달하겠습니다."

잠시 생각하던 카사르는 고개를 끄덕였다.

플론을 왕성으로 불러들일까도 싶었지만, 바조 말대로 조심하는 게 좋았다.

"그리해라."

편지

　이안은 에딘의 집 근처 거리를 걷고 있었다.

　며칠 전 에딘과 대극장에서 헤어지며 그의 집을 방문하기
로 약속을 했다.

　그는 그 약속을 지킬 생각이었다.

　벨로린 검술 학교 교장인 기프리쥬의 죽음으로 오늘부터
당분간 학교 문을 닫는다고 했으니, 아마도 에딘은 집에 있
을 것이다.

　"대단한 사람이었군, 고대 샬렌교의 교주는."

　해가 많이 기울어 그늘이 진 거리를 걸으며 이안은 담담히
말했다.

　"나는 샬렌교 교주를 그저 종교적 의미로 생각했는데 말이

야."

─고대 용과 인간 영웅들이 싸우던 그 당시 대륙 최강자는
불의 신의 힘을 빌려 사용할 수 있는 고대 샬렌교 교주였다.
그는 불의 정령을 만들어 성을 불태울 수도 있고, 얼어붙은
눈 덮인 땅을 불의 기운으로 녹여 푸른 새싹이 돋아나는 숲
으로 바꿀 수도 있는 존재였다. 고대 용이 인간들 중에 가장
경계하던 사람이 바로 그였다.

"고대 용이 가장 경계하던 사람이라…….."

고대 샬렌교 교주는 마지막까지 고대 용과 인간 영웅들의
싸움에 관여하지 않았다.

하지만 네 그루의 하얀 나무 중 한 그루가 고대 용에 의해
사라져 고대 세계의 균형이 크게 흔들리자 신전을 박차고 나
와 고대 용과 싸우게 됐다고 한다.

그가 가세한 결과 고대 용은 최후를 맞이하게 된 것이다.

"고대 용이 남긴 세 가지 물건들을 고대 샬렌교 교주가 현
장에서 파괴하려는 것을 막기 위해 다른 영웅들이 합세해 교
주를 죽였다는 게 정말 믿어지지가 않아."

거리를 걸으며 블란조르에게 조금 전 들었던 이야기를 떠
올린 이안은 씁쓸한 표정을 지었다.

고대 샬렌교 교주는 고대 용과 싸우느라 부상이 너무 극심
해 대항하기도 벅찼다고 한다.

결국 그는 치명적인 상처를 안고 협곡 아래로 추락했다고

한다.

─고대 용이 죽고 많은 영웅들이 사라지면서 살아남은 자들은 자신들이 누릴 것들을 생각하게 됐지. 단합된 마음에 균열이 온 거야. 어쩌면 고대 용이 남긴 세 가지 물건들은 핑계일 수도 있다. 그것이 아니었다 해도 그들은 서로를 향해 검을 휘둘렀을 수도 있어.

블란조르의 목소리는 깊게 가라앉아 있었다.

잠시 말이 없던 이안이 가까워지는 에딘의 집을 보며 입을 열었다.

"그런데 당시의 상황을 어떻게 그렇게 잘 알고 있어? 블란조르의 선조는 그 현장에 있지 않았을 텐데. 하얀 나무를 지키느라고."

고대 용이 인간 영웅들과 최후의 전투를 벌일 당시 블란조르의 선조인 숲의 전사들은 하얀 나무를 지키기 위해 고대 용이 보낸 수족들과 힘겨운 싸움을 벌이고 있었다.

─황제에게 들었다.

"황제에게?"

이안은 걸음을 멈추고 블란조르를 쳐다봤다.

블란조르는 팔짱을 낀 모습으로 공중에 약간 떠 있었다.

─전에 말했지만 데나온 제국의 황제는 고대 용이 인간 세상에 전쟁을 일으키기 전에 유일하게 친구로 사귀었던 사람의 후손이다.

"알아. 황제의 검이 고대 용이 전수해 준 검술이라는 것도 말해 줬잖아."

─최후의 전투 때 용의 친구였던 황제의 선조도 그 자리에 있었다. 전투에는 참가하지 않고 멀찍이서 지켜만 봤지. 친구인 용을 도울 수도 없었고, 그렇다고 인간들과 싸울 수도 없는 어려운 처지였다. 덕분에 그는 용의 최후와 용이 남긴 물건들을 두고 인간들이 다투는 모습들, 그리고 고대 샬렌교 교주가 합공을 받아 최후를 맞이하는 것까지 모두 지켜볼 수 있었다.

"그렇게 된 거군. 그 이야기들이 후손인 데나온 제국의 황제에게까지 이어졌고. 블란조르는 또 그 이야기를 황제에게 듣고."

─그렇다. 황제는 나와 술을 마시며 고대 세계의 일을 여러 번 언급했다.

"그 황제, 대단한 사람이네. 자기를 죽이러 온 사람을 호위대장으로 삼고, 용의 검술까지 전수해 준 데다 술까지 마시며 고대 비사를 얘기해 주다니. 나 같으면 엎드리라고 한 후, 엉덩이를 수시로 때려 줬을 텐데."

─뭐야?

"아, 아, 농담이야, 농담."

이안은 피식 웃으며 다시 걸음을 옮겼다.

"지금의 샬렌교 교주도 고대 샬렌교 교주처럼 강할까?"

–그럴 리가. 고대 샬렌교는 교주의 죽음과 함께 사라졌다. 지금의 샬렌교는 수천 년이 흘러 새롭게 나타난 샬렌교다. 내가 황제의 호위대장이 될 무렵 막 태동한 종교다.

"그렇구나. 이제야 모든 게 다 이해가 됐어."

이안은 에딘이 집을 빌려 살고 있다는 건물 2층을 올려다보며 나직이 말했다. 에딘의 집에 거의 도착한 것이다.

 –뭐가 이해됐다는 것이냐?

"비누비사가 왜 그런 말 했잖아. 빛나는 손가락 수정이 고대 샬렌교 초대 교주의 손을 본떠 만든 성물의 일부분이라고 말이야. 아무래도 단절된 고대 샬렌교의 정통성을 잇기 위해 그것들을 찾고 있는 걸 거야. 어때 내 추리가?"

비누비사는 성물을 찾는 이유를 알고 싶으면 샬렌교에 입교해 교주에게 물어보라고 농담식으로 말하고 떠났었다.

 –그걸 이제야 알았느냐? 나는 그날 듣자마자 알았는데.

"치사하네. 진작 이런 이야기를 해 줬으면 좋았잖아."

투덜거리던 이안은 건물 안으로 들어가 나무 계단을 통해 2층으로 올라갔다.

에딘은 우울한 얼굴로 책상에 앉아 이안에게 편지를 쓰고 있었다.

조쉬, 만나지 못하고 이렇게 편지로 인사를 남겨 둬서 미안하고 아쉽다.

　이 편지를 네가 언제 보게 될지 모르겠지만, 아마도 네가 이 편지를 보게 될 땐 난 배를 타고 내 고향으로 돌아가고 있을 거야.

　갑작스레 집으로 돌아가야 할 상황이 돼서 어쩔 수가 없게 됐어.

　어제와 오늘 이틀을 기다렸지만 더는 기다릴 수가 없어. 고향으로 갈 배를 내일은 꼭 타야 되거든. 미안해.

　편지를 쓰던 에딘은 펜을 놓고 두 손으로 얼굴을 가렸다.

　"흑흑."

　편지를 쓰는데 감정이 복받쳐 눈물이 앞을 가렸다.

　외로운 도시에서 처음으로 친구가 된 조쉬와 제대로 술 한잔 마시지 못하고 이대로 헤어지는 게 너무 아쉽고 슬펐다.

　"다시는 못 보겠지?"

　그의 고향은 이곳에서 먼 사막이다. 조쉬가 그를 보기 위해 일부러 사막까지 찾아올 것 같지는 않았다.

　"이해할게. 내가 이해할게."

　홀쩍이던 에딘은 손수건으로 눈물을 닦은 후, 다시 펜을 들었다.

우리의 우정이 여기서 끝날 거라고는 생각하지 않아. 비록 오래 알고 지낸 사이는 아니지만 나는 너를 진정한 친구…….

"에딘 님."

"어?"

에딘은 펜을 들고 뒤를 돌아봤다.

그가 집안일을 위해 고용한 중년의 하인이 서재 앞에 서 있었다.

"왜?"

"손님이 찾아오셨습니다."

"손님? 누구?"

"조쉬라는 분입니다."

"조, 조쉬가 왔다고?"

조금 전까지 어두웠던 에딘의 얼굴이 환하게 밝아졌다.

기다리던 친구가 그가 떠나기 전에 나타난 것이다.

의자에서 벌떡 일어난 에딘은 서재를 나와 거실로 뛰어갔다.

이안이 현관 앞에서 웃고 있었다.

"에딘."

"조쉬! 하하하!"

뚱뚱한 에딘은 한걸음에 다가와 조쉬를 반겼다.

에딘의 눈에는 눈물이 그렁그렁 맺혀 있었다.

"이 자식은 걸핏하면 우네. 왜 또 우는 거야, 자식아?"

"널 못 만나고 떠나는 줄 알았어."

"무슨 소리야 그게?"

"일단 들어와."

이안은 에딘을 따라 집 안으로 걸어 들어가다 거실 한쪽에 놓여 있는 커다란 사각 짐 가방을 발견했다.

짐 가방은 두 개로 내용물이 많은지 빵빵했다.

"고향에 가냐?"

눈치 빠른 이안이 말했다.

"어, 갑자기 집에서 연락이 왔어. 여동생이 결혼을 하니까 빨리 돌아오라고 말이야."

"그랬구나. 축하한다."

에딘에게 여동생이 있는 줄은 몰랐다.

"고마워. 근데 그 말괄량이가 결혼을 한다는 소식을 듣고 기분이 이상했어. 오빠로서 잘해 주지 못한 것도 미안하고."

"원래 그런 법이지."

이안은 지구에서 희생된 여동생이 생각났다. 만약 여동생이 계속 살아 있었다면 그는 누구보다도 동생의 결혼을 축복해 줬을 것이다.

"조쉬, 조쉬."

동생을 생각하며 잠시 거실에 서 있었던 이안은 옆을 쳐다 봤다. 에딘이 그를 부르고 있었다.

"무슨 생각해?"

"아니야, 아무것도."

이안은 과거의 기억에서 빠져나와 에딘이 권하는 푹신한 의자에 앉았다.

"내일 페르콘으로 가는 배를 타. 그래서 널 초조하게 기다렸어."

"뭘 또 초조하게 기다려. 내가 그렇게 대단한 존재도 아니고, 대충 그렇게 헤어지는 거지."

"사막엔 이런 속담이 있어. 진정한 친구는 그 어떤 황금보다 가치가 있다고. 넌 내게 그런 존재야. 황금보다 귀한."

진지한 에딘의 말투에 이안은 무덤덤하게 답했다.

"그래? 나는 황금이 더 좋은데?"

"뭐?"

당황하는 에딘을 보며 이안은 피식 웃었다.

"장난이야, 인마. 아무튼 고맙다. 날 그렇게 소중한 친구로 생각해 줘서."

"오래 알고 지낸 사이는 아니지만 그건 중요한 게 아니야. 친구란 마음으로 통하는 거지, 바로 너와 나처럼."

"아…… 뭐 우리가 마음이 통했나?"

"통했지. 그러니까 너와 내가 이 자리에서 술잔을 나눌 수 있는 거라고."

에딘은 유리잔에 술을 따라 이안에게 건넸다.

"고향의 술이야. 베샤보라는 술이지. 사막 선인장을 재료로 만든 술이야."

"사막의 술이라……."

이안은 막걸리처럼 빛깔이 탁한 누런색의 베샤보를 한 모금 했다.

쓴맛이 혀를 감싼 후 맨 마지막에는 약간의 달짝지근한 주향이 입안에 남았다.

"괜찮은데? 약간 독하긴 하지만."

"너와 이별주로 삼으려고 내가 어제 상점에서 사 왔어. 고향에서는 은화 한 개도 안 하는 술인데, 여기서는 금화 한 개를 줘야 살 수 있었지."

"이별주?"

"그래, 이별주. 내일 가면 아마 계속 고향에 머물 것 같아. 왕성도, 검술 학교도 이젠 안녕이야. 그리고 너도 만나기 힘들겠지."

감성에 빠진 에딘은 베샤보를 한 번에 비웠다.

말이 많으면서도 소심한 그가 이렇게 분위기를 잡는 게 이안에게는 약간 생소하게 느껴졌다.

"베샤보의 뜻이 뭔 줄 알아? '다시 만나자'라는 사막 유목민 부족의 인사야. 그래서 이건 이별주인 동시에 다시 만나기를 바라는 희망을 상징하는 사막의 술이지. 이 술을 마시면 언젠가 우리는 다시 만날 수 있을 거야. 베샤보!"

에딘이 잔에 술을 채운 뒤 '베샤보!'라고 크게 외치며 잔을 높이 들었다.

살이 쪄 얼굴이 동글동글한 에딘의 맑은 눈을 잠시 들여다보던 이안은 술잔을 머리 높이로 올렸다.

"베샤보."

두 사람은 술잔을 허공에서 강하게 부딪친 후 단번에 술을 비웠다.

"이젠 우울한 마음 없이 기분 좋게 동생의 결혼식을 위해 고향으로 돌아갈 수 있을 것 같다."

"내일 언제 출발하지?"

"아침에. 선착장에 올 필요 없어."

"그래."

고개를 끄덕인 이안은 가방에서 작은 나무 상자를 꺼냈다.

"동생 결혼식 다시 한번 축하한다. 이건 내 마음의 성의다."

"그게 뭔데?"

"사탕."

이안은 톰의 집에서 구입한 사탕이 든 작은 나무 상자 두 개 중 하나를 에딘에게 건넸다.

"사막이라 사탕이 녹겠지만 어떻게 잘 간수해서 가지고 가봐. 네 여동생에게 꼭 내가 줬다는 말을 하고."

"그, 그래, 알았어."

에딘은 선물이 아니라 짐 덩어리를 맡은 것 같은 느낌이었다.

더운 사막에서 사탕이 얼마나 버틸지 모르겠다.

"내가 꼭 가서 네 여동생에게 물어볼 거야. 내가 준 사탕을 제대로 받았는지 말이야."

울상을 지으며 사탕이 든 상자를 받았던 에딘의 얼굴이 밝아졌다.

"사막에 올 거냐?"

"한 번쯤 사막 구경을 하는 것도 나쁘지 않겠지."

이안은 빙그레 웃으며 답했다.

처음엔 기프리쥬의 정보를 얻기 위해 에딘에게 접근했지만, 지금은 이렇게 우정의 술까지 나눴다.

'기회를 봐서 한번 다녀오자. 이길리우스인지 뭔지 하는 사람도 만나 보고.'

케인에 의하면 세상에서 가장 오래 산 현자 이길리우스가 사막 왕국 페르콘에 있다고 했다.

오래 산 만큼 세상의 많은 비밀들을 알고 있다고 했다.

겨울 날씨에도 식지 않고 계속 따뜻한 돌의 비밀을 그는 알고 있을지 모른다.

모든 건 다 이유가 있다.

빛나는 손가락 수정이 고대 샬렌교 초대 교주의 손 모양을 본뜬 일부분인 것처럼, 따뜻한 돌도 그 나름의 사연이 있을 것 같았다.

'별거 아닐 수도 있겠지만 그래도 궁금하니까.'

이안은 겸사겸사 페르콘을 방문할 생각이었다.

"잠시만 있어 봐."

에딘은 술을 마시다 말고 서재로 뛰어 들어가 지도를 가지고 나왔다.

둘둘 말린 지도엔 사막의 길과 도시들이 자세히 표시가 되어 있었다.

"이곳이 내가 사는 곳이야."

에딘은 사막의 한 도시를 가리킨 후 지도를 말아 이안에게 주었다.

"나중에 이 지도를 보고 찾아와."

"말 꺼내기 무섭네."

"부담 갖지 마. 도움이 될까 싶어 준 거야."

에딘은 붉어진 얼굴로 머리를 긁적였다.

"나도 알아. 지도 잘 쓸게."

"저녁 먹자."

두 사람은 자리를 옮겨 식탁에서 저녁 식사를 하며 술을 계속 마셨다.

주로 얘기를 하는 건 수다스러운 에딘이었다.

"아참, 기프리쥬 경이 죽은 건 너도 알지?"

향신료가 쳐진 구운 양고기를 입안에 넣고 우물거리던 이안이 고개를 끄덕였다.

"들었어."

"누가 죽였을까?"

"글쎄, 모르지 누가 죽였는지."

"몸이 아파도 검술이 뛰어난 분인데, 범인도 아주 강했나
봐."

"그런가 보지 뭐."

이안은 손에 든 양고기 뼈를 접시 위에 내려놓았다.

에딘은 식탁에 바짝 기댄 자세로 말했다.

"너는 안타깝지 않아? 그래도 우리가 몸담은 검술 학교의
교장이었잖아."

"어, 안타까워."

"너는 아예 관심도 없구나?"

"에딘, 양고기 더 없냐?"

"어? 어, 어. 잠시만 기다려."

에딘은 하인을 부르지 않고 직접 주방으로 가 음식을 접시
에 더 담아 왔다.

"많이 먹어, 또 있으니까."

"고맙다, 친구야."

이안은 음식을 먹을 때 깨작깨작 먹지 않는다. 상황이 되
면 마음껏 먹는다.

"나보다 잘 먹는 사람은 그동안 못 봤는데. 너 굉장하구

나!"

"음식은 맛있게 먹어야 해. 그래야 건강해진다고."

"나는 살만 찌던데."

"고향에 돌아가면 열심히 운동해."

에딘과 이안이 경쟁적으로 음식을 먹어 대자 식탁은 금세 빈 접시만 남게 됐다.

"고기 더 가지고 올까?"

"아니야, 됐어. 정말 잘 먹었다."

이안은 입안에 기름기를 베샤보로 깔끔하게 씻어 내리고는 자리에서 일어났다.

"내일 배 잘 타고, 고향 집에 조심해서 가. 동생 결혼식 진짜 축하한다."

"벌써 가려고? 좀 더 있다 가지? 후식도 있어."

"충분히 대접받았어."

이안은 빙그레 웃으며 현관으로 걸어갔다.

"사실, 밤에 만날 사람이 있어. 그래서 그러는 거니까 너무 서운하게 생각하지 마."

조셉 왕자가 기다리고 있을지 모른다.

"그래? 그럼 어쩔 수 없지."

"에딘, 이걸 잘 봐."

이안은 현관 앞에서 검을 뽑았다. 그리고 블란조르가 그에게 야수검을 배우기 위한 토대로 하루에 천 번씩 반복하라고 알려 준 간단한 검술을 선보였다.

찌르고 베는 아주 기본적인 동작들이다.

"너도 해 봐."

에딘은 배가 불러 움직이기 싫었지만 검을 가지고 와 이안이 보여 준 대로 따라 했다.

검을 두려워하는 모습이 많이 사라져 있었다.

"네가 그날 검을 친구처럼 여기라고 해서 검집째 끌어안고 잠을 잤어. 그랬더니 조금 나아진 것 같아."

검을 거부하는 마음속의 경계가 약간 허물어진 모습이었다.

'검을 배우고자 하는 열의는 있네.'

이안은 고개를 끄덕였다.

"어때? 검술 학교에서 배운 초보 검술보다 훨씬 간단한 동작들이지?"

"어."

몇 동작 안 됐기 때문에 에딘은 편안한 모습으로 부담 없이 검을 휘둘렀다.

"앞으로 하루에 그 동작들을 천 번씩 반복해. 그렇게 1년만 하면 넌 강해질 거야."

"처, 천 번이라고?"

무거운 검을 조금만 휘둘러도 손목이 시큰하고 어깨가 아픈데, 천 번이나 반복하라니.

에딘의 얼굴이 하얗게 변했다.

"너 내 친구지?"

"친구지."

"친구로서 부탁한다. 강요하는 게 아니야. 넌 검에 자질이 있어. 너만 모르는 거지."

"내게 자질이 있다고? 검술 교관들은 그런 말 안 하던데?"

이안은 검을 검집에 꽂으며 담담히 말했다.

"그들이 잘 몰라서 그래. 내 말 믿어."

"저어, 근데 말이야. 널 무시하는 게 아니지만 너도 나랑 같은 검술 초급반 아니야?"

"요즘 깨달음이 있었어."

이안은 검집에 넣었던 검을 다시 뽑아 검을 들고 서 있는 에딘을 향해 번개처럼 휘둘렀다.

번쩍이는 검광이 에딘을 스치고 지나갔다.

"으으으."

몸이 굳어 꼼짝도 못 한 에딘은 가슴이 시원해지는 느낌에 고개를 숙이고 아래를 내려다봤다.

가슴 부근 옷에 여섯 개의 구멍이 나 있었다. 그것도 그냥 구멍이 아닌 원형으로 동그랗게 오려진 모습이었다.

오려진 구멍 안으로 그의 맨가슴살이 보였다.

'언제?'

눈 깜짝할 사이에 이안은 예술에 가까운 검술을 선보인 것이다.

"너 대단하구나!"

에딘은 감탄과 경악이 섞인 시선으로 이안을 쳐다봤다.

이안은 에딘에게 다가와 그의 어깨에 팔을 걸쳤다.

"나도 하루에 천 번씩 휘둘렀어. 그래서 강해진 거야."

"정말?"

"그래, 그러니까 너도 할 수 있어. 강해지고 싶지 않아?"

"강해지고 싶어."

"그럼 연습해. 땀 흘리지 않으면 얻는 것도 없어. 중간에 죽고 싶을 만큼 힘들고 지루할 거야. 그래도 버텨. 넌 내 친구니까 할 수 있어."

이안의 격려에 에딘은 갑자기 몸이 뜨거워졌다. 강한 의지가 생겼는지 눈빛도 약간 달라졌다.

"알았어, 해 볼게."

"역시 내 친구답다."

마지막까지 에딘을 북돋워 준 이안은 현관문을 열고 아래층으로 내려갔다.

에딘은 계단 아래로 내려가는 이안의 등을 보며 외쳤다.

"조쉬! 또 보자! 꼭!"

이안은 뒤돌아보지 않고 손을 흔들며 말했다.

"베샤보."

"저는 죄가 없습니다! 아버지에게 오래된 여관을 물려받은 게 죄가 됩니까?"

"닥쳐!"

"으아아아아!"

항구 마을에서 가장 허름하고 오래된 여관을 소유한 중년의 여관 주인은 손톱이 뽑혀 나가자 비명을 내질렀다.

그는 왕성 수비군 사령부 지하 감옥에 끌려와 모진 고문을 받고 있었다.

아무리 생각해도 자신이 감옥에서 고문을 받아야 할 이유를 모르겠다.

간밤에 여관에서 벌어진 일도 사실대로 말했다. 덧붙이거나 숨기거나 하는 일 없이 정직하게 증언했다.

"왜 숨기려 했나?"

"뭐, 뭘 말입니까?"

"기프리쥬 경이 네 여관에서 싸움을 벌인 일을 왜 숨겼어!"

심문관이 그의 귀에 대고 고함을 질렀다. 귀가 먹먹해진 여관 주인은 억울한 표정을 지었다.

"그분이 기프리쥬 님이라는 걸 제가 어떻게 알았겠습니까? 전 금발 노파가 머물고 있는 방을 물어보기에 친절하게 대답해 준 죄밖에 없습니다.”

“거짓말! 거짓말! 넌 지금 나를 속이고 있다!”

여관 주인의 귀에 대고 고래고래 소리를 지른 심문관은 의자에 몸이 묶인 여관 주인의 손톱을 또 하나 뽑았다.

피가 튀고 처절한 비명 소리가 감방을 넘어 지하 복도까지 크게 들려왔다.

“대답해! 너는 범인과 한 패지!”

“흐흐흑, 왜 이러십니까? 저는 정말 아무것도 모릅니다.”

“손톱 다음엔 네놈 이빨이다! 그다음엔 눈알을 뽑을 거야! 사실대로 말을 해!”

“으아아아아!”

“범인은 어디 있나! 이름을 대라!”

오른손의 손톱이 모두 뽑혀 나간 여관 주인은 끝내 기절을 하고 말았다.

바닥은 그의 손에서 떨어진 피로 흥건했다.

팔짱을 끼고 여관 주인의 심문 과정을 복도에서 묵묵히 지켜보던 빌로프는 몸을 돌려 어두운 지하 감옥 복도를 걸었다.

“살려 주세요, 부사령관님! 살려 주세요!”

빌로프가 복도를 걷자 고문을 받고 감방 안에 갇혀 있던 기프리쥬 집의 일꾼들이 창살에 달라붙어 애원을 했다.

하지만 빌로프는 차가운 표정으로 그들을 지나쳤다.

'기프리쥬는 대체 무슨 일을 벌이고 있었던 걸까?'

기프리쥬의 집을 조사하던 부하들이 비밀 벽장을 발견해 냈다.

그 안에는 놀랍게도 숲에서 발견된 금발 노파가 가지고 있던 해골과 흡사하게 생긴 해골이 있었다.

복잡한 문양이 그려진 해골.

왕실 소속의 마법사에게 도움을 요청한 그는 조금 전 두 해골의 비밀을 알게 됐다.

그것은 멀리서도 대화가 가능하게 만들어 준다는 마법 해골이었다. 뛰어난 흑마법사만이 제조할 수 있다는 물건.

해골을 하나씩 가지고 있는 것으로 보아 기프리쥬는 죽은 노파와 밀접한 관계가 있는 게 분명하다.

'파면 팔수록 느낌이 안 좋아……. 범인은 여전히 알 수 없고.'

빌로프는 기프리쥬의 시신이 보관된 석실로 들어갔다.

화려한 관 안에 깨끗한 옷이 입혀진 기프리쥬가 차가운 시신이 되어 누워 있었다.

얼굴을 포함해 몸의 반이 심하게 불탔지만, 옷을 입혀 놓으니 그나마 좀 낫다.

'기프리쥬, 그냥 병으로 죽지 왜 날 곤란하게 만드시오?'

사건 해결 압박 때문에 아침부터 밤까지 식사를 못 하고 있었다.

원망하는 눈빛으로 시신을 내려다보던 그는 밖이 소란스러워지자 뒤를 돌아봤다.

"부사령관님, 1왕자님이 오셨습니다!"

부관이 급히 뛰어 들어와 보고를 했다.

빌로프는 긴장된 표정으로 관을 닫고 시신 보관소를 나와 복도에 섰다.

1왕자가 일곱 호위를 대동하고 복도를 빠르게 걸어오고 있었다.

"왕자님."

"외숙부는 어디 있나?"

"이쪽입니다."

빌로프를 따라 석실에 들어간 트웰은 화려한 관 앞에 섰다.

잠시 관을 내려다보던 그는 손짓을 했다.

"열어라."

관이 열리고 불에 탄 기프리쥬의 얼굴이 드러났다.

트웰은 말이 없었다.

고급스러운 가죽 장갑을 벗은 그는 외숙부의 얼굴을 천천히 매만졌다. 얼굴의 반이 타 흰 뼈가 보였다.

"외숙부, 왜 이 모양이 됐습니까? 나의 자랑이던 분이."

감정을 절제했지만 슬픔이 느껴졌다.

"관을 궁으로 옮겨라. 어머니가 보실 수 있게."

"예, 왕자님."

병사들이 들어와 관을 들고 석실을 나갔다.

트웰은 벗어 놓은 장갑을 끼며 빌로프를 응시했다.

"범인은 찾았나?"

"아직……. 하지만 큰 진전이 있었습니다. 사건 당일 밤 기프리쥬 경의 동선을 파악했습니다."

빌로프는 금발 노파를 만나기 위해 항구 마을 여관에 은밀히 방문한 기프리쥬 이야기를 조심스럽게 보고했다.

그들이 정체를 알 수 없는 자를 쫓아 숲으로 같이 간 사실과 함께.

비밀 벽장에 숨겨진 마법 해골을 발견한 일도 보고했다.

범인을 찾진 못했지만 최대한 노력하고 있다는 모습을 하나라도 더 보여 줘야 한다.

"기프리쥬 경이 여관에서 만난 자들이 이들입니다."

한쪽에 버려지듯 방치해 놓은 두 구의 시신으로 1왕자를 안내했다.

흰 천을 걷자 보헤산과 모딜의 시신이 드러났다.

"역시 기프리쥬 경처럼 숲에서 살해된 상태로 발견됐습니다."

"그래서 범인은 누구인데?"

트웰은 장갑을 낀 손을 쥐었다 폈다를 반복하며 빌로프에게 한 걸음 더 가까이 다가갔다.

빌로프는 마른침을 꿀꺽 삼켰다.

"계속 조사를 하고 있습니다."

"네 보고를 들으면 마치 외숙부가 더러운 일에 관련된 것처럼 느껴져. 사람들이 기피하는 흑마법사와 손을 잡고 음모를 꾸미는. 너는 외숙부의 명예를 더럽힐 작정인가?"

싸늘한 트웰의 시선에 빌로프는 고개를 숙였다.

"그것이 아니오라 조사를 하다 보니⋯⋯."

"깨끗한 분이다. 왕성 사람들은 그분의 죽음을 애석해하고 있고."

1왕자는 죽은 보헤샨을 발끝으로 툭 건드렸다.

"이따위 것들과 함께 엮지 마."

"죄송합니다, 왕자님. 제가 생각이 짧았습니다."

트웰은 바닥의 시신을 잠시 내려다보다가 입을 열었다.

"한 가지만 묻겠다. 외숙부의 뒤를 캐지 않고 범인을 밝혀낼 수 있겠나?"

빌로프는 고민 끝에 대답했다.

"쉽지 않을 것 같습니다. 현재로선 기프리쥬 경의 행적만이 범인에게 접근하는 유일한 통로입니다."

"넌 외숙부가 더러운 일에 관련되어 있다고 보나?"

"소신은 기프리쥬 경을 존경하고 있습니다."

"되었다. 내 외숙부를 의심하는구나."

트웰은 길게 한숨을 내쉬었다.

범인을 찾아 찢어 죽이고 싶지만 외숙부의 뒤를 조사하는 게 부담이 됐다.

범인을 밝혀내 죽이는 것도 중요하지만, 외숙부의 명예도 중요하다.

한동안 말없이 생각에 잠겨 있던 트웰이 나지막한 목소리로 말했다.

"빌로프."

"예, 왕자님."

"사건을 종결하라. 외숙부는 흑마법사를 쫓다 숲에서 함께 죽은 것이다. 무슨 말인지 알겠나?"

빌로프는 입가에 번지는 미소를 간신히 참으며 어두운 얼굴로 답했다.

"부족한 소신을 벌하여 주시옵소서!"

"마음에도 없는 소리 하지 마."

트웰은 바닥의 시신을 가리켰다.

"없애 버려, 마법 해골도 함께."

"알겠습니다, 왕자님. 기프리쥬 경의 명예를 손상시킬 만한 것들은 모두 다 없애겠습니다."

1왕자를 사령부 밖에서 배웅한 빌로프는 집무실로 올라가 그의 책상 위에 올려놓은 마법 해골을 주먹으로 내리쳐 산산조각 내 버렸다.

"마법 해골이 날 위기에서 구해 주는군."

범인을 찾지 못하면 자리가 위태로웠던 그는 껄껄 웃으며 술을 따라 마셨다.

　"참으로 잘됐습니다, 부사령관님. 설마 왕자님이 사건을 스스로 중지하라고 명하실 줄은 꿈에도 몰랐습니다."

　부관도 기쁜지 밝은 얼굴로 말했다.

　"네 공이 크다. 항구 마을 여관의 일을 네가 알아 오지 않았느냐?"

　"감사합니다, 부사령관님. 하면 항구에서 병사들을 철수시킬까요?"

　"오늘은 그냥 둬. 내일 공식적으로 사건을 종결시키기 전까지."

　술을 한 잔 더 따라 마신 빌로프는 창가로 다가가 밖을 내다봤다.

　짙은 어둠이 사령부 밖을 감싸고 있었다. 힘든 하루였다.

　"잡아 온 자들을 모두 석방해. 여관 주인은 죽이고."

　"예, 부사령관님!"

　'밤이 되니까 아주 사람이 안 사는 곳처럼 조용하군.'

　왕자의 거리를 걷던 이안은 공동묘지를 걷는 기분이 들었다. 조용해도 너무 조용했다.

길거리를 다니는 사람도 몇 없고 가끔 마차와 말 들이 지나칠 뿐이다.

　밤에도 활기차고 떠들썩한 왕성의 다른 구역과 너무 대비된다.

　"내일은 빌로프를 손봐야겠어. 콰딘 녀석이 두 눈 부릅뜨고 기다릴 테니까."

　─청부를 받아도 어떻게 그런 청부를 받는 거냐? 격 떨어지게.

　"이게 뭐 어때서? 땅을 파 봐, 1만 금화가 나오나."

　─아무리 돈이 궁해도 시정잡배처럼 주먹질을 하는 청부는 네 가치를 떨어트리는 것이다. 영주라는 녀석이.

　"영주니까 이런 청부도 받는 거라고. 영지에 빚이 얼마인데? 40만 금화야. 자그마치 40만 금화."

　이안은 하늘에서 돈벼락이라도 떨어졌으면 했다.

　"만약 왕위 전쟁이 벌어지면, 보넌 대영주가 졸딱 망했으면 좋겠어. 그래야 내 빚이 사라지지."

　─음흉한 녀석.

　"전대 영주의 도박 빚이야. 내가 떠안기엔 너무 불공평해."

　이안은 겉옷 안에 손을 넣어 마법 셔츠를 만졌다.

　"이걸 팔긴 팔아야 하는데 말이야."

　1갑자 내공까지 생긴 그는 구태여 이런 마법 셔츠의 방어

편지 201

력이 필요하지 않았다.

　이걸 팔아서 영지 발전에 사용하는 게 좋을 것 같았다.

　"조셉 왕자에게 싸게 준다고 사라고 할까?"

　-벨로린 초대 왕이 개국공신인 네 가문의 선조에게 하사한 하사품이다. 왕의 하사품을 너는 뻔뻔스럽게 왕자에게 팔려는 것이냐?

　"하긴 왕자가 기분 나빠 하겠지?"

　이런 고가의 물품을 팔려면 그 입수 경위도 당당히 밝혀야 한다.

　실망한 조셉 왕자가 사납게 노려보는 모습이 연상됐다.

　"오셨군요!"

　막테로가 멀리서부터 알아보고 뛰어왔다.

　"날 기다린 건가?"

　"예, 왕자님이 나가 보라고 하셔서요."

　"이런, 내가 왕자님을 오래 기다리게 했나 보군."

　"아닙니다. 어서 들어가시죠, 흐흐."

　이안은 막테로를 따라 조셉 왕자의 저택 안으로 들어갔다.

　넓은 만찬실에 조셉 왕자가 상석에 홀로 앉아 있었다.

　"늦었습니다, 왕자님."

　"아니오, 영주. 자, 이쪽에 앉으시오."

　조셉 왕자는 빙그레 웃으며 바로 옆자리를 권했다.

　"간단히 준비했소."

"간단한 것치고는 너무 음식이 많은 게 아닙니까?"

만찬실 긴 식탁의 한쪽 부분이 수십 가지 음식들로 채워져 있었다.

중간중간 세워져 있는 은색 촛대에서 뿜어져 나오는 은은한 불빛이 음식들을 더 고급스럽고 풍성해 보이게 만들었다.

"원래는 이 긴 식탁을 가득 채우려 했지만 아시다시피 기프리쥬 경의 죽음으로 인해서 1왕자가 슬퍼하고 있소. 왕실의 한 형제로서 자제할 수밖에 없었소. 이해해 주시오, 영주."

"술 한 병이면 족했을 자리입니다. 정성껏 준비해 주셔서 감사합니다, 왕자님."

이안은 예의를 차리며 고마워했다.

조셉 왕자는 오래되어 보이는 술병의 마개를 땄다.

"영주를 위해서 나름 준비한 술인데 만족하실지 모르겠소."

진홍색 술을 투명한 유리잔에 따른 조셉은 이안에게 건넸다.

이안은 유리잔에서 올라오는 주향을 맡는 순간, 이 술의 정체를 단번에 눈치챘다.

해적 군도에 가는 도중 잘몬이 선실에서 따라 준 값비싼 술. 더는 생산되지 않는 멸망한 데나온 제국 황실의 술.

'캄베토냐!'

조셉은 자신의 잔에도 술을 따른 후, 이안에게 술잔을 내밀었다.

"지난번엔 내가 부상이 심해 제대로 술잔을 나누지 못했소. 왕성에 오신 걸 환영하오."

"감사합니다, 왕자님."

두 사람은 잔을 가볍게 부딪친 후 술을 마셨다.

이안은 진하고 부드러운 캄베토냐 특유의 맛에 정신이 몽롱해지는 기분이었다.

'술을 마시는 건지 황금을 녹여 마시는 건지 모르겠군.'

5백 년 전, 데나온 제국 황실이 무너지며 황실 술인 캄베토냐의 제조 비법도 사라졌다.

그 의미는 지금 이안이 마시는 캄베토냐는 최소한 5백 년이 넘은 술이라는 뜻이다.

캄베토냐는 작은 술병 크기가 금화 1백 개를 넘을 만큼 최고급 술이다.

세상에 얼마 남지 않은 술이기에 돈을 줘도 구하지 못할 상황이 조만간 도래할 것이다.

"좋군요."

이안은 피처럼 붉은 캄베토냐를 입안에 넣고 바로 마시지 않고 혀로 몇 번 술을 굴린 후 천천히 음미하며 삼켰다.

귀한 술을 아껴 마시고 싶은 심정이었다.

"마음에 드시오?"

"예. 캄베토냐 아닙니까? 이런 구하기 힘든 술을 준비해 주시다니, 정말 감격했습니다."

이안의 기뻐하는 모습에 조셉은 낮게 소리 내어 웃었다.

"막테로! 준비한 술을 모두 가지고 오너라!"

막테로가 문을 열고 먼지 가득한 청동 상자를 들고 들어왔다.

쿠웅.

바닥에 상자를 내려놓은 막테로는 상자를 열었다.

그 안에는 지금 마시고 있는 캄베토냐와 똑같이 생긴 술병이 수십 병이나 들어 있었다.

이안의 눈이 커졌다.

"이게 다 캄베토냐입니까?"

"그렇소. 왕실 창고에서 내가 몰래 가지고 나왔지."

"몰래요?"

"왕실 창고엔 이런 캄베토냐 상자가 수십 상자나 넘게 보관 중이오. 술은 마시라고 있는 법인데, 그리 아껴서 뭐 하겠소? 아니, 그렇소, 영주?"

조셉은 화통하게 말하며 캄베토냐를 벌컥벌컥 들이켰다.

"맞습니다. 술은 마시라고 있는 법이죠."

방긋 웃은 이안은 술잔을 비웠다.

"이 술을 다 마시기 전까지는 의자에서 일어나선 안 되오."

"저야 바라던 바입니다. 캄베토냐를 원 없이 마실 수 있는 기회를 마다할 이유가 없지요."

두 사람은 정치적인 이야기는 뒤로하고 가벼운 이야기를 나누며 술을 경쟁적으로 마셨다.

탁자엔 빈 술병이 쌓여 갔다.

캄베토냐는 부드러운 술이지만 결코 약한 술이 아니다. 한 병을 제대로 마시기 힘들 만큼 독한 술이기도 하다.

술이라면 조셉 왕자도 어디 가서 뒤지지 않는 주량이지만 상자 안의 술병이 몇 병 남지 않을 때까지 쉬지 않고 마시자, 그도 서서히 취기가 올라왔다.

'큰일이군. 이러다 내가 먼저 취하겠어.'

조셉 왕자는 흐트러짐 없이 반듯한 자세로 술을 꾸준히 마시고 있는 이안을 보며 속으로 크게 놀라고 있었다.

예상과 다르게 아주 강적이다.

"괜찮으십니까, 왕자님?"

몸이 좌우로 살짝 흔들리는 조셉을 향해 이안이 걱정스레 물었다.

"괜찮소. 나는 지금껏 술을 마시며 먼저 취한 적이 없으니 걱정 마시오. 막테로, 술을 한 병 더 따라."

"예, 왕자님."

막테로는 상자 안에서 술병을 꺼내 마개를 열어 왕자 앞에 내려놨다.

이제 상자 안에 술은 두 병밖에 남지 않았다.

"영주, 혹시 혼약을 맺은 곳이 있으시오?"

조셉은 넌지시 물었다.

"혼약요?"

이안은 천천히 고개를 저었다.

"없습니다만."

"잘됐군. 없다면 내가 좋은 사람을 소개해 주고 싶은데. 어떠시오?"

"글쎄요."

이안은 담담히 웃었다.

얼마 안 있으면 해가 바뀐다. 지구에서 그의 나이는 30대였지만, 이곳에서는 이제 열여섯이 된다.

조혼을 하는 경우도 있기 때문에 이안이 결혼한다고 해서 이상할 상황은 아니다.

더구나 겉모습은 젊은 사내의 모습을 했으니 술자리에서 결혼 얘기가 그리 어색하지 않았다.

"재치 있고 뛰어난 미모를 가진 여자요. 영주보다 나이가 조금 많긴 하지만, 영주의 외모가 남달라 서로 잘 어울릴 거요."

"그게 누구입니까?"

"내 동생이오."

"예?"

깜짝 놀라는 이안에게 조셉은 무안한 얼굴로 술을 따라 한 모금 마셨다.

"내 동생 에뛰드아는 지금 베니뇽 왕국의 작은 영지를 다스리고 있소. 남편이 전사해 그곳의 법에 따라 그녀가 영주가 되었지. 그녀는 부유하니 영주의 빚도 쉽게 해결해 줄 거요. 어떠시오, 한번 만나 보시겠소?"

잠시 말이 없던 이안은 들고 있던 술잔을 비운 후 차분히 답했다.

"말씀은 감사하나 어려울 것 같습니다."

"하하하, 농담이었소."

조셉은 분위기가 어색하지 않게 크게 웃었다.

"오해하지 마십시오, 왕자님. 저는 오히려 베니뇽 왕국의 영지를 가지고 있는 공주님이 아주 마음에 드니까요."

"그게 진짜요?"

서서히 웃음을 그친 조셉이 진지한 눈빛으로 이안을 쳐다봤다.

그는 이안이 진흙 속에 본모습을 감춘 진주라고 생각했다. 흙에서 나와 태양 아래 그 모습을 드러내는 순간, 왕국에서 가장 빛나는 존재로 비상을 할 것 같은 예감이 들었다.

여동생도 이안을 보면 마음에 들어 할 것이다.

"그럼 왜 싫다는 것이오? 한번 만나 보기라도 하지."

"제 마음속에 좋아하는 사람이 없었다면 그랬겠지요."

"아, 그런 것이오? 마음에 둔 여인이 있었군."

조셉은 아쉬운 눈빛으로 술잔을 손에 쥐었다.

"그렇습니다, 왕자님. 빚을 갚아 줄 재력이 있는 집안의 사람은 아니지만 제 마음을 편안하게 해 줍니다."

"아름다운 이야기로군. 마음을 편하게 해 주는 사람이라니."

술잔을 높이 들던 조셉의 몸이 옆으로 쓰러질 듯 크게 움직였다.

하지만 그는 곧 중심을 잡은 후 마치 아무 일도 없었던 것처럼 태연을 가장했다.

"누구인지 모르나 영주의 아름다운 사랑을 위해서!"

"감사합니다, 왕자님."

이안은 빙그레 웃으며 술잔을 마주 높이 들어 건배를 했다.

술을 비운 이안은 자신의 잔에 술을 따르기 전에 옆에 서 있는 막테로에게 은근슬쩍 술을 따라 줬다.

막테로는 아까부터 이안이 따라 주는 술을 넙죽넙죽 받아 왕자 눈치를 보며 홀짝거리고 있었다.

그가 비운 술만 해도 한 병은 넘을 양이다.

"술이 비었군요. 더 드시겠습니까, 왕자님?"

"암! 끝을 봐야지. 막테로, 뭐 하느냐, 어서 술병을 올리지 않고!"

막테로는 군말하지 않고 마지막 남은 캄베토냐 두 병을 탁자에 올렸다.

"왕자님, 국왕의 건강은 어떠십니까?"

이안은 정말 궁금했던 질문을 조심스럽게 꺼냈다.

왕의 건강을 왕자들만큼 정확히 알고 있는 사람은 아마 없을 거다.

질문을 받은 조셉의 눈빛이 무거워졌다. 그는 잠시 이안의 눈을 바라보다 술병을 들어 잔에 따랐다.

"안 좋소. 얼마 전엔 병의 기운이 눈을 침범해 시력을 거의 잃으셨소."

"앞이…… 안 보이신단 말입니까?"

조셉은 고개를 끄덕였다. 그는 술잔을 들고 자리에서 일어나 벽으로 다가갔다.

벽엔 그의 부친이자 현 국왕인 아더 왕의 상반신 그림이 걸려 있었다.

한동안 그림을 보던 조셉이 낮은 목소리로 말했다.

"하지만 시력을 잃었다 해도 그분이 왕좌에 버티는 한 왕국의 평화는 지속될 거요."

"저도 국왕께서 오래 사시길 마음속으로 기원을 하고 있습니다."

"그거 아시오, 영주?"

"무엇을 말입니까?"

"사람들은 1왕자 때문에 대영주들이 왕실과 멀어졌다고 하지만 그것은 거짓이오. 대영주 보넌은 왕을 질투해 왔고, 바다 함대를 소유한 대영주 에뉴딘은 왕이 되어 바다를 항해하는 꿈을 꾸고 있소. 대영주 롤만은 과거 영주 자리를 놓고 싸울 때 왕실이 그를 지지하지 않은 것에 앙심을 품은 사람이고."

조셉은 손에 든 술을 한 모금 했다.

"그러나 명분 없이 왕실에 검을 드는 건 아무리 그들이라 하더라도 큰 부담일 터. 그들이 선택한 명분이 1왕자요."

"그렇군요."

"1왕자를 만나 변화를 요구했지만 거절당했소. 앞날이…… 걱정이오."

분위기가 무거워졌다.

"나는 영주가 왕실을 지지해 줬으면 좋겠소."

이안은 어떤 말도 섣불리 약속을 할 수 없었다. 그저 말없이 술잔만 기울였다.

왕성과 멀리 떨어진 그의 영지는 왕실의 힘보다는 주변 대영주들의 힘에 더 직접적으로 영향을 받는다.

특히, 지리적으로 대영주 보넌의 영향권 아래에 있다.

새 왕으로 왕실의 1왕자를 지지한다는 선언을 하는 순간, 제일 먼저 보넌의 목표가 될 수도 있다.

신중할 필요가 있다.

"영주."

"예, 왕자님."

말이 없던 이안이 술잔을 내려놓고 그림 앞에 서 있는 조셉을 응시했다.

"당신이 이겼소."

벽에 걸린 왕의 그림을 바라보던 조셉 왕자의 몸이 옆으로 그대로 쓰러졌다.

술에 취해 쓰러진 왕자의 몸을 막테로가 다가와 양손으로 번쩍 치켜들었다.

"영주님, 왕자님을 침실에 모셔다 드리고 오겠습니다."

"그리하게."

잠시 후, 막테로가 돌아왔다.

"영주님, 대단하십니다. 술을 그렇게 많이 드시고 어찌 그리 멀쩡하십니까?"

막테로는 감탄을 했다.

이안은 남은 마지막 술을 끝까지 비운 후 의자에서 천천히 일어났다.

"왕자님께 좋은 술 잘 마셨다고 전해 주게."

"가시려고요? 시간도 늦고 피곤하실 텐데 여기서 주무시지요. 시얀이 방까지 정리해 놨습니다."

"아니야. 이쯤에서 난 그만 가겠네."

문을 열고 나가자 복도에 시얀이 서 있었다.

그녀는 보초처럼 눈을 똑바로 뜨고 문을 열고 나오는 이안을 쳐다보고 있었다.

"미안하게 됐군, 방까지 준비했다는데."

"아닙니다, 영주님. 불편하시면 가셔야죠."

"험, 불편하긴."

이안은 조셉 왕자와 가까워지면 가까워질수록 왕실을 도와야 한다는 압박감을 은연중 받고 있었다.

친분이 있는 건 좋지만 너무 가까워지는 것도 사실 부담이다.

"조셉 왕자님은 가끔 난폭해지시지만 좋으신 분입니다."

"나도 아네."

"부디 멀리하지 말아 주십시오. 왕성에서 그분은 외로운 처지십니다."

한동안 말없이 시얀의 눈을 마주 보던 이안은 손을 뻗어 시얀의 어깨를 가볍게 토닥였다.

"그만 가겠네."

시얀의 눈빛이 살짝 흔들렸다.

"알겠습니다, 영주님. 조심해서 가십시오."

시얀은 정중히 허리를 숙였다.

그녀를 지나쳐 저택 현관으로 나온 이안은 가방을 뒤적여 사탕 상자를 꺼냈다.

"막테로, 시얀이 사탕 좋아하나?"

"예? 사탕요?"

막테로는 고개를 갸웃했다. 시얀이 사탕을 먹는 걸 본 적이 없었다.

"잘 모르겠습니다."

"자네는?"

"일부러 찾아 먹지는 않습니다."

"맛있는 사탕이네. 시얀과 함께 나눠 먹도록 하게."

이안은 자신이 먹을 사탕 일부를 남겨 둔 후, 사탕 상자를 막테로에게 내밀었다.

'적들을 무섭게 죽이던 분이 이런 걸 드시네?'

막테로는 크로티에서 건너온 세 가문의 암살자들을 그가 보는 앞에서 모조리 베어 버린 이안의 냉정함을 떠올렸다.

사탕과는 왠지 어울리지 않았다.

"잘 먹겠습니다, 영주님."

"왕자님을 잘 모시게."

"예, 영주님. 한데 왕성은 언제 떠나십니까?"

"글쎄, 조만간 떠날 것 같네. 왕자님께 인사 없이 떠나도 서운하게 생각하지 마시라고 꼭 전해 주게."

막테로는 고개를 끄덕였다.

"예, 영주님. 살펴 가십시오."

"또 보세."

이안은 몸을 돌려 왕자의 거리를 걸었다.

밤이 깊었고, 별은 아름답게 반짝인다.

그의 몸은 시간이 갈수록 바람에 흔들리는 갈대처럼 좌우로 움직임이 커졌다.

"취기가 오르는군."

사실 그도 취기가 머리끝까지 올라온 상태였다. 단지, 조셉 왕자에게 지기 싫어 참았을 뿐이다.

─독한 녀석. 그 많은 캄베토냐를 물 마시듯 다 마셔 버리다니.

"언제 그런 기회가 또 오겠어. 그런데 달이 두 개로 보이네? 지금 달이 두 개가 떴나?"

─정신 차려라, 이 녀석아!

"정신 차리고 있다고."

딸꾹질을 크게 한 이안은 워프를 이용해 순식간에 구름 여관에 도착했다.

방 안에 들어온 그는 쓰러지듯 침대에 누워 금세 잠이 들고 말았다.

페로포스

이안은 문을 시끄럽게 두드리는 소리에 잠이 깼다.

'누구지?'

억지로 눈을 뜬 그는 침대에서 일어나 잠시 멍하니 앉아 있다 창가 쪽을 응시했다.

햇빛이 바닥에 깔린 카펫을 환하게 밝히고 있다.

'신발을 신고 잤네.'

이안은 신발을 벗고 맨발로 문으로 걸어갔다.

쿵쿵쿵쿵!

여전히 시끄럽게 문을 두드린다.

문을 열고 문을 두드린 사람을 확인한 이안의 표정이 살짝 일그러졌다.

"너냐?"

"해가 높이 떴는데 아직도 잠을 자는 거요?"

후드로 얼굴로 가리고 찾아온 콰딘이 문 앞에서 퉁명스럽게 말했다.

"너 미쳤냐? 왜 시비야, 이 자식아."

이안이 주먹을 말아 쥐자 콰딘이 뒤로 한 발 물러났다.

"들어가도 되겠소?"

콰딘을 노려보던 이안은 몸을 돌렸다.

"들어와."

이안은 탁자로 다가가 물 주전자를 입에 대고 물을 벌컥벌컥 들이켰다. 어제 술을 너무 마셔서 그런지 목이 타들어 가는 듯했다.

"여긴 어떻게 알고 찾아왔어?"

"왕성 3대 여관엔 내 정보원들이 다 깔려 있소. 당신이 구름 여관에 며칠째 묵고 있다는 것도 알고 있지."

자신의 정보력을 자랑하듯 콰딘은 어깨를 펴고 말했다.

"잘났다 정말. 왜 온 거야?"

이안은 의자를 끌어와 앉으며 말했다.

"청부 일이 어찌 돼 가는지 궁금해서 찾아왔소."

아늑한 분위기의 넓은 방 안을 둘러보던 콰딘이 지나가는 어투로 대꾸했다.

"내가 알아서 해. 며칠이나 지났다고 재촉하는 거야?"

"꼭 그 때문은 아니고."

"또 뭐?"

콰딘은 이안의 눈치를 보다가 의자에 쓰윽 앉았다.

"빌로프 건이 끝나면 다른 일도 하나 맡아 보지 않겠소?"

"다른 일?"

"그렇소. 환락가에서 나와 경쟁 중인 늙은이가 있는데, 그 늙은이를 죽여 주시오. 눈에 거슬리는 자요."

눈곱을 떼며 이야기를 듣던 이안의 어깨가 가볍게 움직였다.

의자에 앉아서 얘기를 하던 콰딘의 몸이 부웅 뜨더니 벽에 처박혔다.

"크윽."

얼굴을 감싸며 신음을 흘리는 그의 앞에 이안이 섰다.

"내가 돈만 받으면 무슨 짓이든 해 줄 사람처럼 보였어? 어디서 개소리를 지껄이고 있어, 뒈지려고. 내가 지난번에 분명히 말했지, 너희들 구역 싸움에 끌어들이지 말라고."

콰딘은 두개골이 깨지는 것처럼 아파 잠시 동안 이안에게 어떤 말대꾸도 할 수가 없었다.

그는 잠시 심호흡을 해 정신을 차린 후, 외투에서 손수건을 꺼내 입가의 피를 닦아 냈다.

"싫으면 그만이지 왜 폭력을 사용하는 거요?"

"그게 니 입에서 나올 소리냐 지금?"

이안은 손끝에 내공을 실어 번개처럼 콰딘의 이마에 '딱밤'을 때렸다.

따악!

손수건을 외투에 넣고 막 일어서던 콰딘은 이마가 반으로 갈라지는 듯한 엄청난 충격에 사로잡혔다.

처음엔 이안이 무기를 꺼내 머리를 기습적으로 내리친 줄 알았다.

'뭐지, 이 고통은?'

조금 전 주먹으로 얻어맞은 것과는 또 다른 차원의 고통이 밀려왔다.

참을 수 없는 고통에 그는 자신도 모르게 비명 섞인 괴성을 지르며 주저앉았다.

"으아아아악!"

암흑가 조직의 두목이 딱밤 한 방에 체면이고 뭐고 어린아이처럼 울고 있었다.

"기어오르지 마. 니가 잠을 깨워서 아주 짜증 나니까."

모처럼 가족과 웃고 떠드는 꿈을 꿨다. 가족이 행복한 얼굴로 나오는 꿈은 실로 오랜만이었다.

꿈속에서도 심장이 터질 듯 기뻤고, 그는 꿈이라는 걸 인지하면서도 그것을 인정하지 않은 채, 어머니와 아버지, 동생을 보며 즐거워했다.

그 소중한 꿈을 콰딘이 일찍 깨운 것이다.

그것도 사람 죽여 달라는 청부를 가지고 와서.

"꺼져."

이안은 몸을 돌려 창가로 걸어갔다.

창문을 열자 찬 바람이 안으로 훅 하고 밀려 들어왔다.

그의 영지는 눈이 내리는 겨울이었지만, 왕성의 겨울은 아직 눈이 내리지 않고 있었다.

창밖을 보고 있는 이안의 등 뒤로 콰딘이 눈치를 보며 다가왔다.

그의 이마는 혹이 난 것처럼 빨갛게 부어올라 있었다.

"내가 큰 실수를 했소, 미안하오. 화가 났으면 푸시오."

"빌로프는 곧 손본다. 그렇게 알고 돌아가."

"알겠소, 그럼."

3왕자 바조는 강 위에 떠 있는 거대한 전함 갑판 위로 승선했다.

수백 명의 해군들이 부동자세로 도열해 있었다.

바조는 전함 지휘관의 안내를 받아 병사들의 무장 상태와 배의 정비 상태를 점검했다.

바다와 이어지는 거대한 이리아니강을 지키는 왕실 함대는 백여 척이 넘는 전함으로 구성되어 왕성으로 이어지는 강의 길목을 모두 지킨다.

단일 병력으로는 왕성 수비군을 훨씬 능가한다.

"지휘관."

"예! 사령관님!"

바조는 왕자라는 소리보다 직책인 왕실 함대 사령관으로 불리기를 더 좋아했다.

"지휘관은 누구에게 충성하는 사람인가?"

"그야 당연히 사령관님입니다!"

"왕이 계신데 어찌 내게 충성을 얘기하나?"

"각 배의 모든 지휘관들이 소신과 같은 마음일 겁니다. 소신들은 사령관님의 명령을 따를 뿐입니다."

바조의 입가에 숨길 수 없는 만족감이 떠올랐다.

해군들이 그를 지지하는 한, 그는 두려울 게 없었다.

그는 배에서 내려 또 다른 전함으로 승선했다.

몇 척의 배를 더 점검한 그는 함대 사령부를 나와 왕성으로 향했다.

"형님, 무엇을 하고 계십니까?"

2왕자 카사르는 종이 위에 왕성 주요 관리들의 명단을 적고 있었다.

"내가 왕이 되었을 때 위협이 될 자와 아닌 자를 구분하고 있다."

"너무 빠른 거 아닙니까?"

"미리 해 둬서 나쁠 건 없겠지. 조셉은 어디에 위치해야 할까?"

카사르는 잠시 망설이다 조셉 왕자를 위협이 될 자로 구분했다.

"조셉은 왜?"

"요즘 그 녀석 하는 짓을 보거라. 왕실이 단합해야 한다면서 공공연히 1왕자를 지지하고 있지 않느냐? 1왕자가 죽으면 필히 문제를 일으킬 녀석이야."

차가운 표정으로 말한 카사르는 특별히 조셉 이름에 동그라미를 쳤다.

반드시 죽여야 할 인물이라는 뜻이다.

"그래, 플론은 어찌 됐느냐?"

펜을 내려놓은 카사르가 옆자리에 앉은 동생을 쳐다봤다.

"형님의 이야기를 명확히 전달했고, 그는 배를 타고 아침 일찍 항구를 떠났습니다."

대영주 롤만과 그들은 동맹을 맺었다.

1왕자를 암살하고 2왕자인 카사르가 새로운 왕위 계승자가 되어 왕이 된다. 그리고 다른 두 대영주들을 쳐, 왕국을 안정시킨다.

그 대가로 롤만은 대영주 보넌의 영지 전부를 차지한다.

롤만이 플론을 통해 제안한 것을 카사르는 받아들였다.

"이제 일은 되돌릴 수 없게 되었군."

비장한 표정으로 말을 한 카사르는 창밖에서 들리는 아이들의 떠드는 소리에 잠시 귀를 기울였다.

　그가 왕이 되면 그의 자식들은 이곳을 벗어나 왕궁으로 들어가 왕자로서 교육을 받으며 살게 될 것이다.

　그는 왕이 되면 1왕자를 제외한 나머지 왕자들을 왕자의 거리에 내쫓듯 내모는 전통을 중지시킬 생각이었다.

　거기서부터 불화가 생기는 것을 그는 경험으로 알고 있었기 때문이다.

　"암살 시기는 조율했느냐?"

　"건국 기념일에 하기로 이야기가 되었습니다. 아버지는 몸이 아프시니, 1왕자가 대신해 행사를 주관할 겁니다."

　왕국 건국 기념일은 두 달 정도 남았다.

　기념일 행사는 왕궁이 아닌 도시 광장에서 벌어진다.

　왕이 참석하지 않는 한, 1만에 달하는 국왕 친위병과 천여 명의 왕실 기사단은 움직이지 않는다.

　"아버지가 그때까지 살아 계셔야 할 텐데. 그게 우려가 된다."

　"괜찮을 겁니다."

　암살을 앞당기면 좋겠지만, 암살이 성공한 후에 벌어질 일에 대한 준비도 필요하다.

　"그런데 형님, 그 소식 들으셨습니까? 기프리쥬가 사악한 흑마법사를 죽이고 숲에서 사망했다고, 빌로프가 공식적으로 발표를 했습니다."

"재밌군. 이대로 사건을 덮으려는 건가?"

카사르는 턱을 매만졌다.

뭔가 수상하긴 하지만 사건이 일찍 종결되는 게 그들에게
도 좋았다.

1왕자 반대파의 소행이라는 소문은 곧 진정될 것이다.

"바조, 앞으로 남은 두 달이 중요하다. 너와 네 병사들을
믿겠다."

카사르는 동생의 어깨를 힘 있게 붙잡았다.

바조는 형의 눈을 지그시 응시하다 고개를 끄덕였다.

"걱정 마십시오."

항구 마을 좌측엔 일반인의 출입이 제한되는 또 다른 선착
장이 있다.

해군 전용 선착장으로, 육중한 덩치를 자랑하는 전함들이
정박해 있다.

그 옆으로 배의 건조와 보수를 위한 조선소와 거대한 창고
들이 줄지어 서 있다.

창고엔 목재들이 가득하고 숙련된 기술자들이 하루도 쉬
지 않고 새로운 배를 만들거나 기존의 전함들을 수리한다.

그 뒤편으로 해군 병영과 벨로린 왕실 함대 사령부가 위치해 있다.

"가까이서 보니까 규모가 장난이 아니네."

함대 사령부 건물 지붕 꼭대기에 앉아 해군기지의 전경을 내려다보던 이안은 그 규모에 절로 감탄이 나왔다.

왕실 해군을 유지하기 위한 모든 것이 이 장소에 집결된 것처럼 보였다.

조선소, 해군 병영, 수십 척의 전함이 한꺼번에 정박 가능한 길고 넓은 선착장, 자재들이 잘 오갈 수 있게 정비된 넓은 길과 수많은 짐마차 등.

하나의 독립된 거대 마을과 같았다.

기프리쥬의 일로 왕성에 머물며 항구 쪽에 크게 관심을 두지 못했던 이안은 감탄과 부러움의 시선으로 눈앞에 펼쳐진 해군기지를 응시했다.

"1왕자 반대파라고 불릴 만한 세력이야. 수만의 해군에 강을 지배하는 전함들까지 있으니 말이야."

이안은 사탕을 입에 넣고 우물거렸다.

콰딘 때문에 잠이 깬 그는 서둘러 씻고 항구로 왔다.

에딘 때문이었다.

어제 알아서 배 타고 잘 가라고 말은 했지만, 그래도 배웅을 해 줄까 싶었다.

그러나 어제 너무 술을 많이 마셔서 늦잠을 자고 말았다.

물론, 가족 꿈을 꿔서 깨지 않고 싶은 마음도 있었고.

혹시나 싶어 늦게라도 항구에 왔는데, 멀리 사막 왕국으로 가는 배는 벌써 떠나고 없었다.

"경비대장이 그런 말을 했잖아. 대영주들이 아무리 강해도 단독으로는 왕실과 정면으로 싸울 수 없다고. 그 말이 이제 이해가 돼."

왕성에만 수없이 많은 군사들이 버티고 있다.

왕성 수비군에 국왕 친위병에 왕실 기사단, 거기다 강한 해군력까지.

왕실 직할령에 흩어져 있는 병사들을 제외하고도 이들 힘만으로도 일개 대영주의 영지는 쑥대밭으로 만들 수 있을 것 같았다.

물론, 왕실의 힘이 하나로 뭉쳤을 때만이 그 힘이 제대로 작동될 것이다.

"조셉 왕자가 왕실의 단합을 그렇게 강조한 이유를 조금은 알 것 같아."

이안은 엉덩이를 털고 왕실 함대 사령부 지붕 위에서 일어섰다.

사령부는 등대 모양의 건물 형태로, 그 높이가 거의 7층 정도에 해당해, 꼭대기에서 보면 근방이 훤히 보였다.

"베니뇽의 리몽도 그렇고 왕성의 항구도 그렇고, 참 부러워. 육상 교역은 한계가 있으니까."

그의 영지에 있는 강은 내륙으로 일부 이어질 뿐, 바다로 이어지지 않는다.

바다를 접한 영지가 있음에도 불구하고 제대로 된 항구와 접안시설이 없다.

암초들이 해안가 근처에 너무 길게 이어져 있는 까닭이다. 지리적으로 주목받는 위치가 아니기도 하고.

무엇보다도 근 5백 년 가까이 영지를 다스려 온 알베른 가문은 바다에 대한 관심이 거의 없었던 것 같다.

바다를 끼고도 해군 병력과 전함 한 척 없는 이유는 전대 영주의 빚 때문이 아니라 원래 처음부터 없었기 때문이다.

'현재 내 병사 수는 1천여 명. 추가로 뽑고 있는 신병 5백 명까지 더해도 1,500명.'

가까운 이웃 영지인 로벨롱과 단순 비교해도 적은 수고, 왕국 전체로 봐도 여전히 하위권이다.

그나마 다행이라면 경비대장이 신병들을 빠르게 정예병으로 탈바꿈시킬 만한 능력이 있다는 점이다.

'영지는 내가 아닌 병사들이 지키는 거야.'

그의 몸은 하나다. 그가 없는 자리엔 그를 대신해 영지와 영지민들을 지켜 줄 강인한 병사들이 필요하다.

'버티면 내가 가서 쓸어버린다.'

만약 전쟁이 벌어져 그의 영지가 침공당한다면 이안은 워프 능력을 이용해 최대한 신속하게 대처할 생각이다.

그러기 위해서라도 감시망과 저지선이 최소한 구축되어야
한다.

"제일 좋은 건 망할 놈들이 왕좌 차지한다고 싸움 지랄을
하지 않는 것인데 말이야. 주변 사람들은 무슨 죄냐고."

-권력욕은 네가 상상하는 것 이상으로 인간의 머릿속에
뿌리 깊게 박혀 있다. 한번 불이 붙으면 그 심지가 다 타 버
릴 때까지 멈추지 않지. 끝을 보기 전까지 말이야.

"머리를 제거한다면?"

이안은 멀리 먹구름이 몰려오고 있는 하늘을 보며 차갑게
말했다.

-또 다른 혼란이 닥쳐오겠지. 절대적인 힘을 가진 자가
모두에게 인정을 받기 전까지 말이다.

"제국은 그렇게 만들어졌나?"

-그렇다. 황제란 자리는 모두의 권력욕을 짓밟고 올라설
수 있는 냉철한 강자만이 얻을 수 있는 자리다.

"그렇군. 30년 전 서케바니아를 통일해 제국을 선포했다
던 한스 제국의 황제가 여러 왕과 수천 명의 귀족들을 본보
기로 학살한 것도 그런 이유겠지."

피의 황제로 불리는 나드 한스.

바다 건너 그의 등장은 동케바니아 열두 왕국을 긴장시켰
다.

하지만 수십 년간 조용했기에 열두 왕국의 긴장감은 많이

약화된 상태다.

"눈이 오고 있어."

먹구름이 멀리서부터 눈을 쏟아 내는 게 이제 보이기 시작했다.

날은 더욱 추워지고 마음도 차가워졌다.

이안은 후드를 머리에 썼다.

한동안 함대 사령부 연병장에서 훈련을 받고 있는 수백 명의 해군들을 내려다보던 이안의 몸이 순식간에 사라졌다.

따그닥따그닥.

어두운 거리를 10여 필의 말이 천천히 걸어오고 있었다.

오후 들어 내린 눈이 어느새 왕성 거리를 흰빛으로 물들여 놨다.

밤이 깊어 갔지만 첫눈을 맞이한 왕성 주민들은 각자의 집 앞으로 몰려나와 촛불을 든 채 눈의 신 '페로포스'에게 기도를 하고 있었다.

첫눈을 보며 눈의 신에게 기도를 하는 전통은 이곳만의 풍습이다.

"너희들은 뭘 기도하겠느냐?"

빌로프의 질문에 부관을 비롯한 그의 호위병들은 거의 동시에 대답했다.

"부사령관님의 영전입니다!"

한 손으로 말고삐를 잡고 천천히 말을 몰고 가던 빌로프의 입가에 미소가 걸렸다.

부하들의 아부가 싫지만은 않았다.

"그런 말은 함부로 내뱉는 것이 아니다. 속으로 삼키고 있어라."

웃음기 머금은 빌로프의 말에 주변 사람들은 낮게 소리 내어 웃었다.

"나는 1왕자님이 무사히 왕위에 오르기를 기도하겠다. 그것이 왕자님께 충성을 바치는 우리의 도리가 아니겠나?"

"부끄럽습니다, 부사령관님."

"오늘은 첫눈까지 내리고, 아름다운 밤이야."

1왕자 외숙부의 죽음으로 인해 그의 자리가 위태로웠는데, 뜻하지 않게 일이 잘 풀렸다.

위기 뒤에 찾아오는 안도감은 그의 마음을 여유롭게 만들어 놨다.

"부사령관님, 환락가에서 올라오는 상납금을 대폭 올리심이 어떠십니까?"

집을 향해 천천히 말을 몰고 가던 빌로프가 고개를 돌려 부관을 응시했다.

눈발이 심해져 부관의 어깨 위에 눈이 제법 쌓여 있었다.

"부관, 그들이 네게 무슨 잘못이라도 했나?"

"그런 놈들은 계속 쪼여 줘야 합니다. 그래야 누가 주인인지 알지 않겠습니까? 오냐오냐했더니 요즘은 병사들을 보고도 별로 두려워하지 않습니다. 버릇을 잡아 줘야 합니다."

"쓰레기 같은 놈들이 몇 년간 편의를 봐줬더니 본분을 잊고 사는군. 다음 달부터 모든 상납금을 두 배로 올린다."

"예, 부사령관님!"

미소를 지으며 대답을 하던 부관의 옆머리를 이안이 갑자기 나타나 주먹으로 후려쳤다.

은은한 푸른 빛이 그의 주먹을 휘감고 있었다.

쩌어엉!

단단한 투구가 찌그러지고 부관은 입으로 피를 토하며 말등에서 굴러떨어졌다.

기공권을 머리에 정통으로 맞은 부관은 엄청난 충격에 피를 흘리며 기절해 버렸다.

"똥개 같은 새끼들. 누가 더 더러운지 모르겠네."

부관의 말을 차지한 이안은 허공으로 몸을 솟구쳤다. 그가 있던 자리를 서너 개의 검이 휘젓고 지나갔다.

호위들의 검을 가볍게 피한 이안은 10여 명의 호위들 사이를 빠르게 오가며 투구 쓴 그들의 옆머리를 한 대씩 후려갈겼다.

그럴 때마다 호위들이 입으로 피를 토하며 바닥에 처박혔다.

내공을 사용해 기공권을 마음껏 사용할 수 있게 된 이안의 주먹은 검처럼 변화무쌍하고 치명적이었다.

"눈을 이불 삼아 좀 누워 있어."

거의 동시에 두 명의 호위들이 말 등 위에서 떨어졌다.

순식간에 호위들을 모두 때려눕힌 이안은 위에서 느껴지는 날카로운 기운을 피해 옆으로 몸을 날렸다.

콰앙!

이안이 조금 전 타고 있던 말이 반으로 잘리며 말의 내장과 피가 눈이 깔린 거리에 질퍽하게 쏟아졌다.

검으로 말을 두 동강 낸 빌로프는 천천히 옆을 쳐다봤다.

검을 피한 이안이 팔짱을 끼고 서 있었다.

"말이 무슨 죄가 있다고 죽이냐?"

"어디서 온 암살자냐?"

빌로프는 피가 뚝뚝 떨어지는 장검을 밑으로 늘어뜨린 채 이안을 노려봤다.

"암살자였으면 넌 벌써 뒈졌어, 이 새끼야."

이안의 모습이 사라졌다.

'뒤?'

빌로프는 재빨리 뒤를 향해 검을 휘둘렀다.

콰앙!

이안의 주먹과 빌로프의 포스검이 부딪치자 큰 소리와 함께 섬광이 어두운 거리를 일시에 밝히고 사라졌다.

'주먹으로 내 검을 막다니!'

바위도 잘라 버리는 포스검이 이안의 주먹에 가로막혀 부르르 떨리고 있었다.

"제법 민감하다, 너?"

1갑자 내공을 갖게 된 이안은 주먹에 강기를 두른 상태로 빌로프의 포스검을 막고 있었다.

"건방진!"

"뭐가 건방져, 이 십새야!"

이안은 주먹을 펴 순간적으로 빌로프의 검날을 덥석 붙잡았다.

그 모습에 가슴이 섬뜩해진 빌로프는 검을 빼내려 했다. 하지만 검은 이안의 손에서 미동도 하지 않았다.

"네가 뭐 그리 대단하다고."

검을 빼내려는 빌로프의 가슴에 이안의 다섯 손가락이 매의 발톱처럼 날카롭게 꽂혔다.

이안이 내공을 끌어 올려 손가락에 힘을 주자, 빌로프가 아끼는 단단하고 화려한 갑옷이 종잇장처럼 뜯겨 나갔다.

표정이 굳어진 빌로프는 즉시 검을 포기하고 뒤로 연속으로 재주를 넘었다.

'저놈 손에 잡히면 끝이다.'

포스검도 단단한 갑옷도 무용지물로 만들어 버리는 이안

의 손이 마치 죽음의 손처럼 느껴졌다.

뒤로 재주를 여러 번 넘은 빌로프는 호위가 흘린 바닥의 검을 주워 땅을 향해 길게 휘둘렀다.

왕성 거리에 깔려 있던 평평하고 넓은 돌들이 부서져 이안을 향해 해일처럼 밀려갔다.

"돌려주지."

적의 힘을 되돌려 준다.

기공권의 구결을 외우며 이안은 두 손으로 크게 원을 그렸다.

단전에서 흘러나온 1갑자 내력이 후드를 입은 이안의 옷을 마구 펄럭이게 했다.

그를 향해 밀려오던 돌들이 그의 손짓에 따라 방향을 바꾸더니 빌로프에게 쏜살처럼 날아갔다.

한 번도 본 적 없는 수법에 당황한 빌로프는 몸을 피하려 했지만 너무 가깝고 그 범위도 넓었다.

검으로 돌을 쳐 내던 그를 부서진 돌 조각들이 사정없이 때리고 지나갔다.

퍼버버버벅!

"크아악!"

삽시간에 피투성이가 된 빌로프의 턱에 이안의 주먹이 묵직하게 파고들어 왔다.

쿠웅!

거리의 가로수를 부러뜨리고 땅에 처박힌 빌로프는 고통에 신음하다 벌떡 일어섰다.

"죽여 버리겠다!"

어깨에 박힌 돌 조각을 빼낸 빌로프는 이안을 향해 사납게 돌진했다.

이안을 향해 달려가는 빌로프의 몸 주위로 포스들이 회오리치며 모여들었다.

우우우웅!

포스검에서 흘러나온 붉은 빛이 빌로프의 몸을 휘감았다. 검과 하나가 된 빌로프의 몸이 순간 사라졌다.

"애쓴다."

이안은 혼자 살아 움직이듯이 날아오는 검을 향해 주먹을 강하게 날렸다.

주먹에 맺힌 강기가 푸른색에서 눈부신 황금색으로 변했다.

꽈앙!

벼락 치는 소리와 함께 빌로프의 검이 산산조각 났다.

"크윽!"

부서진 검 손잡이를 잡고 있던 빌로프는 피를 분수처럼 뿜어내며 뒤로 튕겨져 나갔다.

쿠웅!

가로수 뒤에 서 있는 건물 벽에 크게 부딪힌 빌로프는 일순간 정신을 차릴 수가 없었다.

육체적 고통보다 정신적인 충격이 더 컸다.

검과 하나가 되어 펼치는 검술이 너무 쉽게 깨졌다. 그것도 주먹 한 방에.

'대체 이 괴물 같은 놈은 어디서 튀어나온 거지?'

나름 실력에 대한 자부심이 컸던 그는 분노를 담아 외쳤다.

"내가 왕성 수비군 부사령관 빌로프다!"

초라한 모습으로 바닥에 쓰러져 있는 빌로프를 이안이 위에서 내려다봤다.

"알아, 니가 누군지. 자식 교육 엉망으로 시킨 새끼지."

"뭐?"

왜 여기서 아들 이야기가 나오는지 모르겠다. 의문을 품던 빌로프의 손이 허리로 갔다.

딸깍.

단검을 뽑은 그는 부상당한 몸이라고 믿어지지 않을 만큼 빠른 동작으로 이안의 발목을 베었다.

이안의 눈빛이 차가워졌다.

간발의 차이로 단검을 회피한 이안은 되레 단검을 빼앗아 쓰러져 있는 빌로프의 허벅지에 가차 없이 꽂았다.

"그러게 자식 교육 좀 똑바로 시키지 그랬어. 망나니 자식이 부끄럽지도 않냐?"

이안은 허벅지에 꽂은 단검을 힘을 주어 좌우로 흔들었다. 깊숙이 들어간 단검 사이로 피가 올라왔다.

빌로프는 고통을 참으며 상체를 벌떡 일으켜 세웠다.

"이놈!"

그는 곁에 앉아서 단검을 뒤흔드는 이안의 얼굴을 양손으로 붙잡아 부숴 버리려 했다.

"아직 힘이 넘치네?"

이안이 손바닥을 활짝 펴 빌로프의 가슴을 부드럽게 밀듯 때렸다.

이안을 향해 양팔을 앞으로 내민 자세로 앉아 있던 빌로프의 몸이 거대한 충격이라도 받은 듯, 총알처럼 빠르게 뒤로 밀려 나갔다.

콰앙!

건물 벽과 재차 충돌한 빌로프는 피를 울컥 토해 내며 이안을 노려봤다.

가슴을 맞는 순간, 전신이 무기력해지고 숨이 잘 쉬어지지 않았다.

손가락 하나 까딱할 힘도 모이지 않았다.

이대로 죽음이 찾아올까 두려워졌다.

"빌로프, 보이나? 점점 눈발이 심해지는군."

몇 미터 앞도 보이지 않을 만큼 눈이 내리고 있었다. 폭설이다.

밤하늘을 잠시 올려다보던 이안은 벽에 기대 앉아 있는 빌로프 앞에 몸을 숙여 그를 쳐다봤다.

"세상에 영원한 건 없어. 이 많은 눈도 시간이 지나면 다 녹지. 적당히 살아, 이 새끼야. 자식 교육도 똑바로 시키고."

"내 아들 때문에 이러는 것이냐?"

빌로프는 이해할 수 없다는 표정을 지었다.

"다 포함해서 말하는 거야. 너도 반성하고. 그런 의미에서 신나게 좀 맞자."

이안은 빌로프의 멱살을 틀어쥐고는 주먹을 들었다.

"뭐라고?"

"이 악물어, 수프라도 처먹으려면."

사람들이 모이고 있었다. 그만 마무리하고 가야 한다.

이안은 빌로프의 얼굴을 사정없이 두들겨 패기 시작했다.

한동안 때리던 그는 빌로프의 얼굴을 들여다봤다.

'이쯤이면 됐나?'

콰딘이 당한 만큼 똑같이 만들어 줘야 한다. 그래야 뒷말이 안 나온다.

'조금 부족하군.'

이안은 멈췄던 주먹을 다시 들었다.

"그, 그만."

빌로프는 대항하려 해도 힘이 모이지 않아 무기력하게 때리면 때리는 대로 몸을 맡길 수밖에 없었다.

맞는 일에 익숙하지 않은 빌로프는 왕성 길거리에서 당하는 이 상황이 너무 치욕스러웠다.

아들이 했던 말이 떠올랐다.

─아버지! 제가 원해서 옷을 벗고 무릎을 꿇은 게 아니에요! 다 그놈 때문에 어쩔 수 없이 그랬다고요!

빌로프는 찐빵처럼 부풀어 오른 얼굴로 바닥에 쓰러졌다.

이제 이놈이 누군지 알 것 같았다.

"너…… 내 아들 때린 놈이 너지?"

"노코멘트다, 이 십새야."

이안의 발길질에 빌로프는 정신을 잃고 말았다.

전날 내린 많은 눈으로 인해 여관 밖은 온통 새하얗게 변했다.

태양 빛에 눈들이 반짝였다.

창가에 기대 따뜻한 차를 한잔 마신 이안은 몸을 돌려 짐을 꾸렸다.

왕성에서 볼일은 이제 다 끝났다. 사탕만 찾아 영지로 돌아가면 된다.

쿵쿵쿵.

새로 산 후드를 막 입던 이안은 문을 두드리는 소리에 밖으로 나가 봤다.

여우 목도리를 두르고 검은색 털모자를 깊게 눌러쓴 콰딘이 그를 보며 씨익 웃고 있었다.

"잠깐 들어가도 되겠소?"

잠시 콰딘을 쳐다보던 이안은 문 앞에서 비켜섰다.

방 안에 들어온 콰딘은 모자를 벗어 손에 들고 이안을 바라봤다.

"왕성에 빌로프 이야기가 아주 파다하게 퍼졌소. 어젯밤에 개망신을 당했다고 말이오, 으흐흐흐."

"만족하나?"

이안은 빈 찻잔에 차를 따라 콰딘에게 건넸다.

"지금 내게 차를 따라 준 거요?"

콰딘은 감격한 표정으로 찻잔을 받았다.

조직에선 왕처럼 지내던 그도 이안 앞에서는 작은 존재였다.

죽기 직전까지 두들겨 맞게 되면 그런 마음이 절로 생긴다.

"웬 호들갑이야, 차 한 잔 따라 준 거 가지고."

이안은 콰딘에게 자리를 권했다.

"앉아."

"갑자기 왜 이렇게 잘해 주는 거요? 어제는 주먹질을 했으면서?"

"그건 니가 맞을 짓을 해서 그런 거고. 뭐, 아무튼 빌로프 일은 그만하면 됐지?"

"물론이오. 길거리에서 아주 비참하게 두들겨 맞은 그의 위신이 바닥까지 곤두박질쳤소. 아마 한동안 얼굴을 들고 다니지 못할 거요. 개놈의 새끼."

빌로프에게 쌓인 게 많았던 콰딘은 속이 다 시원하다는 표정으로 신이나 떠들어 댔다.

"오늘은 또 왜 온 거야?"

"당신의 대담함에 놀라서 칭찬하려고 왔소. 설마 길거리에서 대놓고 두들겨 팰 줄은 몰랐소. 어젯밤에 그 소식을 듣고는 너무 통쾌해 잠이 와야 말이지. 그래서 이렇게 찾아온 거요."

"그렇게 좋으면 돈을 더 주던가."

"험, 그건 곤란하오."

헛기침을 한 콰딘은 이안이 따라 준 차를 홀짝였다.

이안은 의자에서 일어나 가방을 멨다.

"할 말 더 없지?"

"어디 가시오?"

"왕성을 떠난다."

"완전히 말이오?"

찻잔을 내려놓은 콰딘이 깜짝 놀란 표정으로 일어섰다.

"왜 놀라, 자식아?"

"그, 그게 아니라 어제 내가 제안했던 건…….'

"또 얻어터지고 싶냐?"

차가운 이안의 눈빛에 콰딘은 하던 말을 입안에 삼켰다.

"왕성을 떠나 어디로 가는 거요?"

"그걸 네가 알아서 뭐 하려고?"

"아니, 혹시 연락할 일이 있으면."

콰딘은 이안 같은 실력자와 좋은 관계를 맺어 두고 싶었다.

"난 세상을 떠도는 여행자야. 어디로 갈지 몰라."

"그렇소?"

콰딘은 아쉬운 표정을 지었다.

"혹시 왕성에 또 오면 내 도박장에 들러 주시오."

"봐서. 나 먼저 나갈 테니까, 차 마저 마시고 나와. 같이 다니는 게 사람들 눈에 띄어서 좋을 건 없을 테니까."

여관을 나선 이안은 톰의 집을 방문했다.

달콤한 사탕 향이 집 안을 가득 메우고 있었다.

"혹시 제가 가지고 갈 사탕이 준비됐습니까?"

이안은 너무 빨리 온 건 아닐까 싶었지만, 델고아는 그의 사탕을 완성해 놓고 기다리고 있었다.

"톰, 방에 있는 사탕 가지고 오너라."

"예, 아버지."

톰은 외관이 화려하고 장식이 들어간 고급스러운 청동 상자를 가지고 나왔다.

손바닥보다 약간 큰 상자는 사탕 상자가 아닌 귀중한 보석을 보관하는 상자라고 말해도 손색이 없을 만큼 훌륭했다.

이안은 톰이 내민 사탕 상자를 받았다.

그 자체로 예술품처럼 보이는 화려한 상자를 내려다보던 이안이 고개를 들어 델고아에게 말했다.

"일반 상자에 담아 주셔도 됐는데요."

"아닙니다. 좋아하는 여자분에게 선물로 주는 건데, 소홀히 할 수 없지요."

델고아는 장인의 노력이 깃든 이 화려한 상자를 사기 위해 어제 일부러 공방 거리를 찾아갔다.

이안이 준 금화의 대부분을 그는 이 고급스러운 상자를 구입하기 위해 아낌없이 지출했다.

"한번 열어 보시죠."

상자는 서랍식으로 열고 닫게 되어 있었다.

이안은 천천히 상자 손잡이를 잡고 앞으로 당겼다.

별과 해와 달을 닮은 사탕, 토끼와 새 같은 동물을 닮은 사탕, 나무를 형상화한 사탕, 물고기 사탕 등 실물처럼 잘 만든 작은 사탕들이 다양한 색을 뿜어내고 있었다.

향도 아주 좋았다.

구슬 모양의 단순한 사탕을 기대한 이안은 그의 기대치를 뛰어넘는 아름다운 사탕에 감탄하며 델고아를 응시했다.

"먹기에 너무 아까울 정도로 잘 만드셨군요."

"마음에 드십니까?"

"네, 아주 마음에 듭니다. 받는 사람도 아주 좋아할 것 같습니다."

이안의 칭찬에 델고아는 빙그레 미소를 지었다.

"마음에 드신다니 다행이군요. 오랜만에 손으로 작업을 해서 불안했습니다."

"손으로요?"

"네. 그 사탕들은 틀에 넣어 만든 게 아니라 제가 일일이 사탕을 깎아 모양을 잡은 겁니다. 조각상처럼요."

"그랬군요."

이안은 새삼스러운 시선으로 상자 안에 사탕을 내려다봤다.

어쩐지 너무 정교하게 만들어진 사탕이라 놀랐었다.

델고아는 예술적인 감각도 뛰어난 사람이었다.

"그 여자분과 잘되기를 기원할게요."

옆에서 지켜보던 델고아의 아내가 밝게 웃으며 말했다.

"저도요, 아저씨."

톰도 덩달아 목소리를 높였다.

이안은 얼굴이 살짝 붉어졌다.

지구에서도 연애 한번 제대로 못 해 본 그에게 좋아하는 감정을 제대로 표현하고 다가서는 건 어려운 문제다.

　좋아하는 마음과 사랑하는 마음은 별개일까?

　린다에게 느끼는 감정의 정체를 이안은 뭐라 딱 단정 지을 수 없었다.

　"고맙습니다."

　담담히 말을 한 이안은 가방에 선물용 사탕을 넣었다.

　"그리고 이건 심심할 때 드시라고 별도로 준비한 사탕입니다."

　수십 개의 막대 사탕이었다.

　"모양은 이래도 들고 먹는 재미가 있습니다. 나중에 가게에서 팔려고 새로 개발한 것입니다."

　막대 사탕을 든 이안의 눈빛이 흔들렸다.

　어렸을 때 동생과 슈퍼마켓에서 사 먹던 그 사탕은 막대 사탕이었다. 구슬 모양의 델고아 사탕이 맛은 비슷해도 모양까지 똑같지는 않았다.

　하지만 이번엔 다르다.

　델고아가 준 막대 사탕은 맛뿐만 아니라 모양까지 그때 그 시절의 사탕과 너무도 흡사했다.

　이안은 갑자기 눈시울이 붉어졌고, 눈이 뜨뜻해졌다.

　왕성을 떠나며 동생과의 추억도 이제 고이 묻어 두려 했다.

그런데 마지막에 델고아가 그를 울리고 있다.

터지려는 눈물을 애써 참은 이안은 양손으로 움켜쥔 막대사탕을 가방에 넣었다.

그는 눈물을 감춘 미소를 톰과 델고아 그리고 델고아의 아내에게 보냈다.

"왕성에서의 시간이 여러분들 때문에 따뜻했습니다. 고맙습니다."

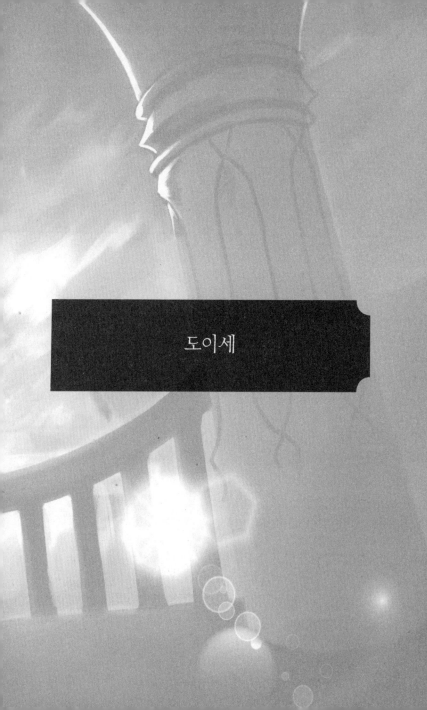

도이세

왕성을 떠나 영지로 복귀하는 이안의 얼굴은 밝았다.

일단 소기의 목적을 이뤘다.

괴물을 만드는 약을 없애고 관련된 기프리쥬와 흑마법사
는 모두 죽었다.

보헤산이 언급한 복면인의 정체를 밝히지 못해 아쉽긴 해
도, 그로서는 최선을 다한 결과다.

완벽한 결과를 못 냈다 해서 우울해하거나 축 처질 필요
없다.

현재 조건에서 그는 승리자다.

적어도 그들이 획책하던 음모는 분쇄했기 때문이다.

'젠장, 대영주들은 내게 달려와 고마워해야 하는데.'

샨크나 모딜처럼 괴물로 변한 인간이 대영주들의 영지를 활보하고 다녔다면, 대영주들이 다스리는 지역 민심은 굉장히 안 좋아졌을 것이다.

워프를 발휘해 마치 신이 된 것처럼 공간을 이동하던 이안은 높은 산봉우리에서 멈춰 섰다.

지리산처럼 높은 산봉우리에서 아래를 내려다보자 구름도 보이고 강과 평야가 보였다.

-왜 멈춘 거냐?

"블란조르, 여기서 오른쪽으로 가면 알베른 방향이고 왼쪽으로 이동하면 보넌 대영주의 영지가 나와."

-그래서?

"그래서라니, 난 큰마음 먹고 이야기를 꺼낸 건데. 용의 눈 찾으러 가자."

-정말이냐?

블란조르는 놀란 눈빛으로 이안을 응시했다.

용의 눈은 황제의 검술인 용의 검술을 일부 전수해 준 후 찾기로 했었다. 그게 계약 조건이다.

그런데 이안이 먼저 이야기를 꺼낸 것이다.

-무슨 꿍꿍이냐?

"꿍꿍이라니, 나를 어떻게 보고."

-아직 넌 용의 검술을 전수받을 준비가 덜 되어 있다. 그런데도 먼저 용의 눈을 찾겠다고?

블란조르는 이안이 야수검을 지금보다 완벽하게 펼칠 수 있을 때 용의 검술을 전수해 주려고 마음먹고 있었다.

"그렇다니까. 가서 바로 찾을 수 있으면 좋고, 아니면 일단 둘러보기라도 하자고."

블란조르는 가만히 이안의 눈을 들여다봤다.

1갑자 내공을 얻을 때 깨달음을 거친 후, 이안의 눈빛은 더욱 맑고 깊어졌다.

─고맙긴 하다만…… 이럴 녀석이 아니라 불안하구나.

"섭섭하게 무슨 그런 소리를. 나 못 믿어? 나 박현성이야, 박현성. 인천 부평 제5민병대 대장 박현성이라고."

이안은 가방에서 막대 사탕을 꺼내 입에 물었다. 딸기 향이 섞인 달콤한 맛이 그의 미각을 황홀하게 만들었다.

눈을 지그시 내리감고 막대 사탕을 빨던 이안은 블란조르에게 조용히 말했다.

"이제 우리는 친구잖아, 서로를 인정하는. 너무 계산적으로 살지 말자고 우리."

─나는 너를 친구로 여긴 적이 없다.

"쑥스러워하지 마, 네 마음 다 아니까."

눈을 뜬 이안은 몸을 살짝 틀어 보넌 대영주의 영지가 있는 왼쪽을 응시했다.

"어디야, 용의 눈이 묻혀 있는 곳이?"

약 650년 전, 블란조르는 황제의 명을 받아 황실에서 용의 눈을 훔쳐 간 흑마법사 하크로 베드야만을 쫓아 지금의 보넌 대영주의 영지까지 왔다.

깊고 깊은 울창한 수림과 험악한 산세를 자랑하는 도이세산이 바로 하크로 베드야만의 비밀 은신처가 있던 곳이다.

보넌 대영주의 영지에서 가장 험산이자 군사훈련장이 들어선 곳.

"절벽에서 떨어지면 그냥 뒈져라! 너희들은 어떤 조건에서도 두려워하지 않는 불굴의 정신력을 갖춰야 한다!"

도이세산 한쪽 산면에 깎아지른 절벽을 수백의 사내들이 기어오르고 있었다.

안전장치 없는 위험한 암벽등반이다.

그러나 그들은 오랫동안 단련된 신체와 강인한 마음으로 조금씩 절벽을 맨손으로 기어오르고 있었다.

보넌 대영주의 특별 지시로 정예병들의 정신 무장이 이뤄지는 현장.

수천의 정예병들이 피를 뿌리며 기어오른 절벽을 얼마 전 훈련장에 입소한 수백의 정예병들이 이어 가고 있었다.

인근에 마을이 없는 깊은 산속의 훈련장은 겨울 추위를 이겨 내는 사내들의 땀 냄새만이 진동할 뿐이었다.

"독하게 훈련시키네."

하크로 베드야만의 은신처를 찾아 도이세산에 도착한 이안은 산속에 감춰진 훈련장을 우연히 발견했다.

저런 정예 병사들이 죽기 살기로 덤벼 온다면 포스 검사도 싸우다 지치게 될 것이다.

죽음을 두려워하지 않는 사기 높은 병사들의 힘은 전쟁의 승패를 좌우하는 중요한 요소다.

"보넌이 진짜 칼을 갈고 있긴 한가 보군."

절벽을 기어오르던 병사 하나가 절벽 중간쯤에서 미끄러져 아래로 추락했다.

"으아아아아!"

긴 비명을 지른 병사의 머리가 돌바닥에 부딪치자 수박 깨지듯 터지며 사방으로 피와 뇌수가 튀었다.

그러나 훈련을 감독하는 교관들은 눈길 하나 주지 않았다.

냉혹한 훈련장의 모습을 한동안 지켜보던 이안은 인상을 살짝 썼다.

"새끼들, 더럽게 냉정하네. 누굴 위해 훈련하는 건데. 신경 좀 써 주지."

훈련의 목적이 뭐든 죽은 자에 대한 같은 동료로서의 배려가 전혀 보이지 않았다.

보넌 대영주가 병사들을 어떤 마음으로 대하는지, 이 훈련장을 통해서 그 일면이 보이는 것 같았다.

"퉤."

입가에 물고 있던 나뭇잎을 바닥에 뱉은 이안의 모습이 순식간에 사라졌다.

잠시 후, 그 자리에 주변을 순찰하는 병사들이 나타났다.

그들은 이안이 서 있던 자리를 가볍게 둘러본 후 다른 곳으로 이동했다.

도이세산 절벽 훈련장과 얼마 떨어지지 않은 곳에는 오래전 무너져 내린 긴 협곡이 있다.

폭이 넓고 깊숙했던 그 협곡은 흙과 바위로 메워져 협곡의 과거를 지워 버렸다.

협곡이 사라진 그 자리엔 무성한 숲이 뒤덮었고, 한쪽엔 병영도 있다.

이 병영은 절벽 훈련장에서 훈련을 받고 있는 정예병들이 머무는 곳으로, 병사 몇이 한가롭게 경비를 서고 있었다.

"이곳이라고? 확실해?"

경사진 산속에서 숲과 병영을 내려다보던 이안이 물었다.

-이곳이 맞다. 저기 황소의 뿔을 닮은 두 개의 봉우리가 이곳을 향해 휘어져 있지 않느냐.

숲을 내려다보던 이안은 고개를 들어 멀리 맞은편을 응시했다.

약간 앞으로 휘어진 채 위로 솟구친 독특한 두 산봉우리는 신기하게도 그들이 내려다보고 있던 숲 방향을 비스듬히 가리키고 있다.

사실, 이안은 저 봉우리들을 처음 보는 게 아니다. 휘어진 것까지 똑같은, 쌍둥이처럼 닮은 저 두 봉우리들을 찾아 여기까지 왔으니까.

─아주 오래전 일이지만 나는 협곡이 있던 자리와 저 두 봉우리들을 기억한다.

블란조르는 숲으로 변한 협곡을 내려다보며 감회에 젖은 음성으로 말을 이었다.

─긴 세월을 거쳐 드디어 이곳에 다시 오게 됐군.

용의 눈을 두고 하크로 베드야만과 치열하게 싸웠던 과거가 하나둘 떠올랐다.

"다행이네. 오래전 일이라 찾지 못할까 봐 걱정했었는데. 다만 문제는 무너진 협곡인데 말이야. 협곡이 어쩌다 무너진 거지?"

─용의 눈 때문이다. 하크로 베드야만은 용의 눈의 힘을 빌려 협곡을 약화시켰다. 거대한 협곡을 붕괴시켜 나를 그대로 깔려 죽게 만들려는 심산이었지. 하지만 그놈이 협곡을 완전히 약화시키기 전에 내가 먼저 도착했고, 놈의 계획은 실패로 돌아갔다.

"그자도 어지간히 지독하군. 협곡을 붕괴시킬 생각을 하다니. 그럼 그때 협곡은 안 무너진 거고 그 뒤에 무너진 건가?"

─그렇다. 그로부터 약 백 년 뒤에 모험가들이 하크로 베드야만의 집을 발견해 나온 직후, 약해져 있던 협곡이 무너져 내렸다. 모험가 녀석들이 비명을 지르며 헐레벌떡 도망가던 모습이 아직도 눈에 선하다.

블란조르는 낮게 소리 내어 웃었다.

그땐 하크로 베드야만의 모자에 갇혀 있는 신세였다. 그는 모험가들 짐 가방에서 협곡의 최후를 목격했다.

"그랬었군."

이안은 숲으로 변한 협곡을 깊은 시선으로 응시했다.

─협곡 아래엔 고대 악신을 섬기던 브바발로교의 폐허가 된 사원이 있다. 그 사원 지하엔 던전이 있는데, 하크로 베드야만은 그 던전을 자신의 은신처로 삼고 있었다. 따라서 용의 눈을 찾기 위해서 그 던전으로 들어가야 한다.

"잠시만. 그 흑마법사의 집이라고 하지 않았어?"

던전이라는 말에 이안이 의아한 눈빛으로 물었다.

─그래, 맞다. 그 집이 바로 던전이다. 그놈은 대륙 곳곳에 숨겨진 던전을 자신의 집으로 삼아 왔다.

이안은 자신의 영지에서 발견된 던전을 잠시 떠올렸다.

이 세상과는 다르게 움직이는 별도의 공간이다.

고대 은둔자들처럼 하크로 베드야만도 던전에서 생활한 것 같았다.

'그들은 대체 던전의 몬스터들과 어떻게 공존을 한 걸까?'

그의 영지에서 발견된 던전엔 언데드 몬스터들이 그대로 남아 있었다.

치료제의 비밀이 담긴 고서를 남긴 고대 은둔자는 던전 몬스터들을 없애지 않고 함께 있었던 게 분명하다.

잠시 생각에 빠져 있던 이안은 고개를 들어 블란조르를 쳐다봤다.

그는 협곡이었다 숲으로 변한 지역을 뚫어지게 바라보고 있었다.

"던전이 있는 곳은 정확히 어디쯤이지?"

─글쎄, 그것까지는 나도 자신할 수 없다. 협곡이 무너져 지형이 좀 많이 변해서 말이다. 아마 저 병영이 있는 곳 어디쯤일 거다. 혹은 그 뒤편의 숲일 수도 있고.

블란조르는 자신 있게 말하지 못했다.

"그 던전은 얼마나 깊이 파묻힌 거지?"

─흠, 아마 알베른성의 성벽 열 배 높이는 될 거다.

"뭐라고?"

이안은 깜짝 놀란 표정을 지었다.

알베른성의 성벽 높이는 대략 20미터가 넘었다. 그것의 열 배라면 못해도 2백 미터라는 말이다.

그의 예상을 훨씬 뛰어넘는 깊이다.

"곡괭이 들고 죽어라 파다가 말라 죽겠는걸."

매몰된 협곡 바닥이 보통 깊은 게 아니다. 게다가 정확한 위치도 모르기 때문에 어쩌면 병영과 숲 일대를 다 파헤쳐야 할지도 모른다.

대공사다.

물리적으로 혼자 할 수 있는 일이 아니다. 보넌의 병사들도 문제고. 여기는 보넌의 땅이다.

"온 김에 찾으면 좋겠지만…… 그럴 상황이 아니네."

잠시 말이 없던 블란조르가 고개를 끄덕였다. 무너진 협곡 지형이 긴 시간을 거치며 많이 변해 던전이 있는 지역을 알수가 없게 됐다.

게다가 보넌의 병사들이 병영을 지어 놓고 훈련장으로 사용할 줄은 몰랐다.

"돌아가 천천히 방법을 고민해 보자고. 일단 장소는 파악해 놨으니까."

이안은 의외로 밝은 얼굴로 말했다.

─투덜대지 않는구나?

"그런다고 뭐 변하겠어?"

이안은 물을 꺼내 한 모금 마셨다.

저 멀리 훈련을 마친 보넌의 병사들이 병영을 향해 이동하고 있었다.

"용의 눈이 이 지하에 있는 한 반드시 약속은 지킬게. 그게 1년이 걸리든 10년이 걸리든 말이야."

무게가 느껴지는 이안의 말에 블란조르는 한동안 말이 없다가 조용히 입을 열었다.

－만약에 말이다. 내가 존재하지 않아도 그 약속을 지킬 수 있느냐?

돌아서던 이안의 몸이 멈칫했다.

"갑자기 그런 말은 왜 하는 거야?"

－그냥 물어보는 거다. 답해라.

잠시 블란조르의 눈을 응시하던 이안은 피식 웃으며 협곡이 있던 자리로 시선을 돌렸다.

한 번도 블란조르가 먼저 사라진다는 생각은 안 해 봤다. 후드 속에 손을 넣어 머리를 긁적이던 이안은 담담히 말했다.

"당연하지, 약속은 지켜."

이안은 후드를 벗고 자신의 영지를 둘러봤다.

싸늘한 칼바람이 가뭄으로 메마른 알베른 서부 영지를 할퀴고 지나갔다.

가뭄이 오기 전 곡창지대 역할을 수행하던 땅들은 쩍쩍 갈라져 있었다.

서부 영지가 원래 건조한 편이긴 해도 토양이 좋아 다른 지역보다 곡식 생산성이 높았다.

그러나 몇 년간 지속된 가뭄은 서부 영지의 곡창지대를 엉망으로 만들어 버렸다.

"곡창지대만 부활해도 이 지역 삶이 예전처럼 좋아질 텐데."

이안은 허리를 숙여 푸석해진 흙을 한 줌 주워 손가락으로 비볐다.

차가운 흙들이 먼지처럼 겨울바람에 휘날려 날아갔다.

서부 영지의 반 정도가 이렇게 변했다. 나머지 반은 아직 생기를 유지하고 있지만 대책을 강구하지 않으면 그곳도 이곳처럼 변할 것이다.

'봄이 오기 전에 수로관 공사를 마쳐야 해.'

호수산 정상의 풍부한 수량은 서부 영지 스물한 개 마을의 식수는 물론 관개용수 역할도 톡톡히 해낼 것이다.

'공사는 잘 진행되고 있겠지?'

이안은 워프를 발휘해 서부 영지 북쪽으로 향했다.

호수산의 고대 수로관과 서부 영지의 수로관 사이에는 빈 간격이 있는데, 그것을 연결시키기 위한 대규모 공사가 호수산 방향의 북쪽에서 진행 중이다.

두 수로관을 잇는 바로 이 공사가 제일 시간이 많이 걸리고 돈과 사람이 많이 투입되었다.

기존의 서부 영지 수로관 정비는 끝이 났기 때문에 이 공사가 완료되면 실질적인 공사는 마무리가 된다.

토관을 실고 온 말수레 10여 대가 줄을 이으며 들판으로 진입하고 있었다.

그들은 들판 중앙에 도착한 후, 토관을 내리기 시작했다.

이미 그곳엔 산더미처럼 많은 토관이 임시로 지어진 커다란 창고에 줄지어 쌓여 있었다.

이 들판이 수로관으로 사용되는 직경 1미터에 이르는 토관의 집합 장소였다.

"토관을 조심해서 내려라!"

멀리서부터 토관을 실고 온 마거티 상단의 사람들은 일꾼들을 주의시키며 특수 제작된 긴 수레에서 토관을 내렸다.

마거티 상단은 영주인 이안과 계약을 맺고 수로관 건설 작업에 필요한 일체의 자재를 공급하기로 되어 있었다.

이 토관들은 호수산 방향에서 내려오는 수로관에 사용될 것들이었다.

"이봐! 당신 지금 뭐 하는 거야?"

창고 안에 보관 중인 토관에 귀를 대고 손등으로 가볍게 두드려 보던 이안은 뒤를 돌아봤다.

모자를 쓴 상단의 사람이 다가와 이안의 위아래를 훑고 있었다.

"뭐 하는 거냐고 묻잖아?"

"튼튼한지 만져 보고 있었소. 중요한 곳에 사용되는 거니까 말이오."

"당신이 누군데?"

"위에서 나왔소."

이안은 손가락으로 천장을 가리켰다.

"성에서 나왔습니까?"

이안이 너무도 당당히 말하자 상단의 사람은 이안이 알베른성의 관리인가 싶어 말조심을 했다.

이안은 가볍게 헛기침을 하며 토관을 수박 두드려 보듯 살짝 때렸다.

망치로 내려쳐도 쉽게 깨지지 않는 단단한 토관이 둔탁한 소리를 냈다.

"뭐 그런 셈이지. 아무튼 수고하시오. 토관 아주 튼튼하니 좋군."

이안은 모자 쓴 상단의 사람을 스쳐 지나갔다.

잠시 서 있던 상단의 사람은 뭔가 이상했는지 몸을 돌려 이안을 불러 세우려 했다.

"잠깐만."

하지만 방금 전까지 있었던 이안이 순식간에 눈앞에서 사라져 버렸다.

갑질하는 영주님

눈을 비빈 그는 창고 앞을 지키는 상단의 무사에게 뛰어갔다.

"자네 혹시 후드를 뒤집어쓴 사람이 나가는 걸 보지 못했나? 조금 전까지 창고에 있었는데."

"아니, 못 봤는데? 창고에 자네만 들어갔잖아. 누가 또 있었나?"

무사는 길게 하품을 하며 대꾸했다. 자재 창고를 지키는 일은 지겨운 일이다.

"이상하군. 내가 유령과 대화했을 리도 없는데 말이야."

상단의 사람이 미간을 찌푸리고 있을 때, 이안은 들판에서 제법 떨어진 실제 수로관 공사 현장에 도착해 있었다.

수로관 공사는 크게 2단계로 진행된다.

1단계는 수로관이 지나칠 최적의 장소를 정해 오차 없이 땅을 파는 것이다.

일명 수로관 길 작업으로 불리는 1단계 작업이 끝나면 확보된 수로관 길을 따라 토관이 일정하게 매설된다.

그것이 2단계다.

이안이 도착한 수로관 공사 현장은 1단계 작업이 한창인 구간이었다.

토관을 매설하는 2단계 구간을 보려면 이들이 파 놓은 수로관 길을 거슬러 올라가기만 하면 된다.

'숲의 나무를 벤 후, 땅을 파고 있군.'

수로관은 숲을 관통할 예정이다. 이를 위해서 길이 없는 숲에 길을 낸 후, 대략 3미터 깊이로 땅을 파고 있었다.

창처럼 생긴 긴 자를 들고 다니며 감독관은 일일이 땅의 깊이를 재고 있었다.

"바닥이 울퉁불퉁해!"

왕의 직할령에서 수로관 기술자로 일을 한 경험이 있는 1단계 감독관은 매의 눈으로 수로관 길을 검사했다.

땅을 판 후 그 밑에 자잘한 돌을 깔고 그 위로 흙을 덮어 평균 3미터 높이를 유지해야 하는데, 상당히 긴 구간이 높이가 일정치 않았다.

"점심 먹고 다시 높이를 맞춘다!"

숲을 관통하는 수로관 길 일부를 맡은 1조에 속한 수백 명의 일꾼들은 곡괭이와 삽, 흙과 돌을 나르는 들것 등을 한쪽에 내려놓고 점심 배식을 받기 위해 줄을 섰다.

이들은 서부 영지 마을에서 온 사람들로, 추위와 싸우며 고된 일을 하면서도 대체로 얼굴이 밝았다.

수로관 작업은 마을과 그들을 위한 것이었기 때문이다.

수로관 공사에 동원된 서부 영지 마을 사람들은 수천 명이 넘었다.

"힘들지?"

숲 한쪽에 앉아 딱딱한 빵으로 배를 채우던 남자가 이제 열다섯이 된 아들을 보며 말했다.

한 달 넘게 마을 사람들과 합숙하며 일을 해 온 아들의 얼굴과 손등은 자잘한 상처가 가득했다.

좋은 마음으로 일을 하고는 있지만 어린 아들이 너무 고생하는 것 같아 남자는 마음이 아팠다.

"아니에요. 아버지. 전 괜찮아요."

아들은 웃으며 돌처럼 딱딱해진 빵을 허겁지겁 뜯어 먹었다.

아들을 잠시 바라보던 남자는 남은 빵을 아들에게 건넸다.

"이것도 먹어라."

"아니에요, 아버지. 저 배불러요."

"어서."

아버지의 빵을 받아 든 아들은 고개를 살짝 숙이고 빵을 조용히 입안에 넣었다.

"고생스럽더라도 조금만 참아라. 영주님은 우리를 위해 많은 돈을 들여 수로관을 만들어 주시는 거야. 영지 사정도 안 좋은데 말이다. 가뭄을 이겨 내지 못하면 우린 일구던 땅도 버리고 고향을 떠나야 해."

"알아요, 아버지. 모두 우리를 위한 일이잖아요. 게다가 부역도 아니고 임금까지 주시잖아요."

"그래…… 한 달에 은화 다섯 개라도 그게 어디냐."

"잠시만요. 한 달 임금이 은화 다섯 개라고요?"

이안이 불쑥 고개를 내밀어 이들 사이의 대화에 끼어들었다.

그의 손에는 맛없는 딱딱한 빵이 들려 있었다. 일꾼으로 위장해 줄을 서서 이안도 배식을 받은 것이다.

빵을 우물거리며 빤히 쳐다보는 이안의 시선에 살짝 당황한 남자는 고개를 끄덕였다.

"그렇소. 은화 다섯 개라고 했소. 한 달간 쉬지 않고 일을 하면 은화 다섯 개 정도 받을 수 있소."

"최근에 오르지 않았습니까? 전에는 그렇게 받았더라도 말입니다."

"그게 무슨 소리요? 며칠 전에도 그렇게 받았는데."

"아, 그래요?"

이안의 눈빛이 차가워졌다.

해적 군도에서 돌아온 그는 분명히 재무관에게 지시를 내렸다. 수로관 작업 인부들의 임금을 제대로 지급하라고.

그 전에는 수로관 공사의 자재 비용만 해도 대단해서 임금을 적게 줄 수밖에 없었지만, 해적 군도에서 많은 금화를 벌어 온 덕분에 조금 여유가 생겼기 때문이다.

허드렛일을 하는 꺄뮤의 일꾼들이 받는 노임이 한 달 평균 은화 열 개에서 열두 개 선이다.

금화 한 개가 은화 스무 개니, 두 달을 일하면 금화 한 개가 생기는 셈이다.

 그것을 고려해 이안은 수로관 작업에 동원된 마을 사람들에게 한 달 임금으로 은화 열 개 정도를 생각했고, 재무관에게 그렇게 지급하도록 명령을 내린 것이다.

 그런데 현장에서 일하는 일꾼들의 임금은 여전히 변동이 없었다.

 '이 새끼가 진짜 죽고 싶어 환장했나.'

 손에 든 빵을 가루로 만들어 버린 이안은 놀란 얼굴로 서로 어깨를 맞댄 부자를 향해 어색하게 웃어 보였다.

 "한 가지만 더 물어보죠. 점심은 이 작은 빵 한 개가 전부입니까?"

 "그렇소."

 "이걸 먹고 힘이 납니까?"

 "어쩔 수 없지 않소. 그래도 영주님이 이만큼 신경 써 주시는 걸 감사하게 생각해야지."

 "나는 먹는 것만큼은 배불리 먹이라고 했습니다. 맛없는 빵이라도 배불리 말입니다. 이 작은 빵 조각 한 개가 아니라."

 "예에?"

 어리둥절해하는 남자를 향해 이안은 쓴웃음을 흘리며 자리에서 일어났다.

 "너, 사탕 좋아하냐?"

이안은 막대 사탕 하나를 꺼내 얼굴과 손에 상처가 난 소년의 손에 쥐어 줬다.

"먹어 봐. 달달하니 맛있을 거야."

"고, 고맙습니다."

인사를 하는 소년을 잠시 바라보던 이안은 고개를 돌려 남자를 응시했다.

"성에서 파견 나온 관리는 어디 있습니까?"

수로관 공사가 벌어지는 중간 지점에 공사를 지휘하는 캠프가 들어서 있다.

캠프엔 수천 명의 인부들이 머무는 수많은 막사들이 길게 늘어서 있어서 흡사 전선의 병영처럼도 보였다.

두툼한 외투와 털목도리로 몸을 휘감은 니일트는 캠프에서 가장 큰 막사 안으로 들어갔다.

밖은 추웠지만 막사 안은 큰 화로를 두 개나 피워 놔 아주 따뜻했다.

"어서 오게."

니일트를 기다리다 먼저 점심을 먹고 있던 베크가 손짓을 했다.

"새 찜 요리가 아주 일품이군. 와서 먹어 보게."

"빌어먹을 새끼들이 빵이라도 먹으면 고마운 줄 알아야
지."

2단계 공사 현장을 들렀다 온 니일트는 인상을 쓰며 음식
이 차려진 탁자 앞에 앉았다.

"왜, 감독관 자식이 또 뭐라고 하던가?"

"배식이 형편없다고 지랄을 해서 말일세. 인부들이 힘들
어한다고. 그럼 돈 주고 사 먹으면 되잖아."

캠프 한쪽엔 그들과 계약을 맺고 인부들에게 술과 음식을
파는 음식점이 있다.

"신경 쓰지 말게. 그 감독관 늙은이가 그러는 게 하루 이
틀인가?"

2단계 수로관 공사 현장의 책임자인 기술 감독관은 하루
가 멀다 하고 그들을 볼 때마다 배식에 신경 써 달라는 요구
를 하고 있다.

물론 그들은 들은 체도 안 했다. 인부들의 식비를 아끼면
고스란히 그 돈이 그들의 주머니로 들어오기 때문이다.

"어디 한번 먹어 볼까?"

재무관 휘하의 중앙 관리 니일트는 향신료를 넣고 찐 새
다리를 크게 찢어 입에 넣었다.

귀족 가문의 니일트는 몇 년 전까지 왕성에서 공부를 하다
가 고향인 알베른으로 돌아와 재무관에게 뇌물을 바치고 관
리가 됐다.

"맛이 괜찮군."

술과 함께 새 고기를 먹던 니일트는 동료 관리인 베크를 보며 목소리를 낮췄다.

"근데 말이야. 이거 공사가 너무 빨리 끝나도 재미가 없지 않나? 멍청한 영주가 인부들 임금을 두 배나 올려서 우리가 떼돈을 벌고 있는데 말이지."

"뭐 좋은 생각이라도 있나?"

공사 기간이 길어질수록 그들의 주머니는 더욱 두둑해진다.

"감독관을 구워삶으면 공사 일정을 최대한 늦출 수 있잖아."

"그게 쉽겠나? 당장 배식 가지고도 지랄하는 인간인데."

"돈으로 한번 해결해 보자고."

"흠."

키가 작고 머리가 큰 베크는 팔짱을 꼈다. 잠시 고민하던 그는 고개를 저었다.

"위험해. 괜히 그 늙은이만 자극하는 꼴이 될 수도 있어. 가뜩이나 빼돌린 임금 때문에 불안해 죽겠는데 말이야."

"자네, 배포가 왜 이리 작아졌나? 예전엔 안 그랬잖아?"

덩치가 큰 니일트는 왜소한 체격의 베크를 내려다보며 못마땅한 표정을 지었다.

"영주가 예전에 영주가 아니잖나. 재무관도 영주 눈치를 보는 것 같고."

"쓸데없는 걱정을 하고 있군. 임금이 올랐다는 건 우리 두 사람만 알고 있어. 그리고 저들을 보라고. 은화 다섯 개를 받고도 고마워하잖아. 영주 칭찬을 하면서. 아무런 문제가 없다니까 그러네."

"영주는 몰라도 재무관은 눈치챌 것 같은데…… 그 인간 성격에 한 번은 확인해 볼 거라고."

"어허, 이 사람 참. 술맛 떨어지게."

니일트는 들고 있던 술잔을 탁자에 소리 나게 내려놨다. 그 기세에 베크가 움찔했다.

"재무관이 돈 싫어하는 거 봤나? 들키면 나중에 상납금을 바치면 돼. 걱정 마. 나만 믿으라고. 지금은 그 늙은 감독관을 어떻게 구슬릴까 그것만 고민하자니까."

"가만 듣고 있자니 화가 나서 더는 못 들어 주겠군."

갑자기 들리는 차가운 목소리에 두 사람은 깜짝 놀라며 대화를 멈추고 옆을 돌아봤다.

후드를 눌러쓴 사내가 흙이 묻은 삽자루를 들고 그들을 쳐다보고 있었다.

"다 얘기했냐, 십새들아?"

"네놈은 누구냐!"

정신을 차린 니일트는 눈을 부라리며 의자를 박차고 일어섰다.

이안은 삽자루를 바닥에 질질 끌며 탁자 주위에 서 있는 니일트와 베크 앞으로 천천히 걸어갔다.

"야, 이 새끼들아! 수천 명의 인부들은 빵 쪼가리 하나 먹으며 이 추운 날씨에 언 땅을 파고 있는데, 너희들은 대낮부터 좋은 음식에 술판을 벌이고 있어? 그게 니들 할 일이야?"

"누구냐고 물었다!"

얼굴이 딱딱해진 니일트는 날카로운 검을 뽑아 들었다.

그는 책만 읽은 베크와 달리 꾸준히 검을 수련해 용병으로 나서도 좋을 실력을 갖췄다.

"사람이 말이야, 가장 화날 때가 언제인 줄 알아? 춥고 배고플 때야. 그런데 저 사람들을 좀 봐. 얼마나 착하냐? 힘든데 다들 힘든 티도 안 내고 묵묵히 일을 해. 왜겠어?"

"흥! 그거야 임금을 받았으니까 일을 하는 거지!"

니일트는 거칠게 답하며 매서운 눈빛으로 이안의 가슴을 노려봤다. 조금만 더 다가오면 검으로 찌를 생각이었다.

"역시 넌 개새끼야. 대가리 대."

이안의 말이 끝나기 무섭게 기회를 엿보던 니일트가 쾌속하게 검을 찔렀다.

하지만 그의 검이 반도 뻗어 나가기 전에 이안의 삽자루가 먼저 니일트의 머리를 가격했다.

빠각!

섬뜩한 소리와 함께 니일트의 몸이 휘청하더니 바닥에 처박혔다.

머리에서 피를 철철 흘리며 그는 괴로워했다. 손에 쥐고 있던 검은 바닥에 떨어진 지 오래다.

"으아아아아!"

고통에 울부짖으며 피가 흐르는 머리를 감싼 니일트의 얼굴을 이안이 냉정히 걷어찼다.

"저리 비켜, 새끼야. 길 막지 말고."

이안은 니일트를 넘어 탁자 끝으로 몸을 피한 베크에게 다가갔다.

"이리 와."

"우린 알베른성의 관리다! 감히 이런 짓을 하고도 무사할 줄 아느냐!"

"어, 알았어. 그러니까 이리 와."

이안은 들고 있던 삽자루로 음식과 술로 어지러운 탁자를 내리쳤다.

콰앙!

두 조각난 탁자 사이로 이안이 걸음을 옮겼다.

화들짝 놀란 베크는 옆에 있던 큰 화로를 발로 힘껏 밀었다.

와르르 쏟아지는 화로의 불씨들을 가볍게 피한 이안은 두 겹으로 된 가죽 막사 밑으로 기어 나가려던 베크의 발목을 잡아당겼다.

"아, 안 돼."

질질 끌려 온 베크는 후드 속에서 악마처럼 웃고 있는 이안의 흰 치아를 보며 몸을 떨었다.

"이렇게 가면 안 되지."

이안은 삽자루로 엎드려 있는 베크의 엉덩이를 사정없이 내리쳤다.

옷이 찢어지고 그 안의 살들이 터져 나갔다.

"허억!"

베크는 전신에 퍼지는 극심한 고통에 괴로웠는지 몸이 활처럼 휘었다.

"왜 내 손에 자꾸 피를 묻히게 하냐, 이 시발 놈들아!"

이안은 그때부터 머리를 감싸고 있는 니일트와 베크 사이를 오가며 삽자루가 부러지도록 휘둘렀다.

"내가 너희들 배부르라고 개고생하면서 돈을 벌어 오는 줄 알아!"

삽자루가 금이 가 덜렁거리자 이안은 삽자루를 버리고 맨주먹으로 관리들을 두들겨 패기 시작했다.

"기분 좋게 영지에 왔더니 별 개새끼들이 열 받게 하고 있어."

너무 아파 울면서 매를 맞던 니일트가 숨을 헐떡이며 물었다.

"다, 당신 누구야? 당신이 뭔데 우리에게 이러는 거야!"

"두 눈 크게 뜨고 봐, 이 새끼들아. 내가 누군지."

이안은 후드를 벗어 얼굴을 완전히 드러냈다.

관청을 방문했을 때 가까이서 이안을 봤던 두 사람은 영주를 바로 알아봤다.

그들의 안색이 시커멓게 변해 갔다. 성에 있어야 할 영주가 그들 앞에 나타나다니.

"여, 영주님!"

"그래, 나다."

이안은 차가운 시선으로 그들을 내려다봤다.

그의 몸에서는 영주의 위엄이 자연스레 뿜어져 나오고 있었다.

"너희들이라면 빵 한 조각 먹고 이 추위에 열심히 일할 수 있겠나? 빵 아낀 돈으로 이렇게 술 처먹으니까 좋아? 왜 임금을 제대로 안 주고 너희들이 착복을 해. 내 지시가 그렇게 우스웠나?"

"그, 그것이 아니오라."

"아니긴 뭐가 아냐. 너희들이 나누는 대화를 처음부터 끝까지 다 듣고 있었는데."

이안은 품에서 꺼낸 알베른의 영주 반지를 착용했다.

그리고 넘어진 의자를 바로 세운 뒤 그 위에 굳은 얼굴로 앉았다.

"어떻게 죽여 줄까?"

등이 서늘해진 니일트와 베크는 의자에 앉아 있는 이안 앞에 엎드렸다.

"사, 살려 주십시오, 영주님."

"그럴 각오도 없으면서 내 돈을 빼돌렸나? 게다가 공사까지 지연시키려고 해? 이건 반역죄다."

이안은 상체를 숙여 엎드려 있는 저들을 깊은 시선으로 노려봤다.

"다시 말하겠다. 어떻게 죽여 줄까?"

호출

　벽난로를 바라보는 재무관의 시선은 어딘지 허허로웠다. 몇 개월 사이에 폭삭 늙어 주름도 많이 생겼다.

　그런데 신기하게도 살은 빠지지 않는다.

　"사람은 마음이 편해야 해. 그 인간이 보이지 않으니 속이 다 시원하군."

　벽난로에 장작을 넣은 그는 흔들의자에 몸을 기댔다. 이대로 영원히 영주가 나타나지 않았으면 좋겠다.

　"이번엔 또 어디로 간 걸까……."

　이제는 영주가 갑자기 사라진다 해도 그러려니 하고 있다. 뒤를 쫓으려 사람을 보내도 그의 흔적을 찾을 수 없어 뒤를 밟는 건 포기한 지 오래다.

"이번에도 돈을 가지고 돌아올까?"

매번 나갔다 올 때마다 신기하게도 큰돈을 가지고 돌아온다. 영주를 후원하는 자가 있는 것 같기도 했다.

"그나저나 7만 5천 금화라니……. 내 가죽까지 벗겨 먹을 심산인가?"

영주에게 겨울이 가기 전 갚아야 할 돈이다.

왕성에서 고리대금업을 하는 사촌에게 사정을 설명하고 돈을 돌려 달라는 서신을 보냈는데, 어찌 될지 모르겠다.

사촌도 돈에 관해서는 굉장히 이기적인 자다.

흔들의자에 앉아 한동안 벽난로의 불을 바라보던 재무관은 길게 하품을 했다.

낮에 영주가 새로 임명한 재무감사관 갈라토에게 시달렸더니 조금 피곤했다.

녀석은 장부와 실제 지출된 내역이 조금이라도 다르면 그것이 해결될 때까지 관청의 관리들을 들들 볶고 다녔다.

오늘은 그 일로 그의 밑에 있는 관리들이 단체로 볼멘소리를 하고 돌아갔다.

그의 체면이 말이 아니다.

"영주 때문에 손을 볼 수도 없고."

한때 그의 밑에서 일을 한 부하에게 쩔쩔매야 하는 그의 신세가 어처구니없었지만, 그 또한 지나가리라 마음먹고 있었다.

"사람은 마음이 편해야 해."

그는 같은 말을 반복하며 마음속에 울화가 쌓이지 않도록 감정을 조절했다.

"오늘은 간만에 일찍 자 볼까."

흔들의자에서 일어난 그는 막 침대에 누우려다 다시 몸을 일으켜 세웠다.

"재무관님! 성에서 사람이 나왔습니다!"

밖으로 나가 보니 현관 앞에 경비대 장교 론도와 꼴 보기 싫은 갈라토가 서 있었다.

'이들이 왜 함께 온 거지?'

의아한 눈빛으로 다가간 재무관은 론도에게 시선을 뒀다.

"이 시간에 무슨 일인가?"

"재무관을 데리고 서부 영지 수로관 공사 현장으로 즉시 오라는 영주님의 명입니다."

"뭐라고?"

재무관은 미간을 찌푸렸다.

성을 비운 영주가 아무래도 수로관 공사장으로 간 것 같았다.

'근데 날 왜 오라고 하는 거지? 설마 그곳에서 무슨 문제라도 벌어진 건가?'

불길한 예감이 그의 머리를 스쳐 지나갔다.

"음, 알겠다. 그만 돌아가. 내일 아침 일찍 출발하도록 하지.”

“전서구를 받는 즉시 재무관을 데리고 오라는 명령입니다. 늦장을 부릴 상황이 아닙니다. 어서 옷을 입으십시오. 바로 떠나야 합니다.”

충직한 론도는 벌써 떠날 채비를 갖추고 왔다.

은색 갑옷에 투구까지 착용한 론도를 잠시 노려보던 재무관은 옆에 서 있는 갈라토에게 대신 화를 벌컥 냈다.

“넌 여기에 왜 왔느냐!”

“재무관님이 자리를 비울 동안 제가 재무관님의 역할을 잠시 대행하라는 영주님의 명이 계셨습니다.”

“뭐야? 감히 네놈 따위가 어찌 내 자리를 대신하겠다는 것이냐!”

“저는 지시받은 대로 움직일 뿐입니다. 재무관님이 가지고 계신 장부와 도장을 넘겨주십시오.”

갈라토는 성난 재무관의 시선을 회피하면서도 할 말은 빼놓지 않고 했다.

“네가 얼마나 일을 잘하는지 지켜보겠다.”

갈라토에게 힘주어 말을 한 재무관은 수하에게 지시를 내렸다.

“마차를 준비해라.”

“마차는 안 됩니다. 지름길로 가야 하니 말을 타야 합니다.”

론도의 말에 재무관은 뚱뚱한 자신의 몸을 가리켰다.

"난 몸이 약해. 그 먼 거리를 마차 없이 갈 수는 없다."

"최대한 빨리 오라는 영주님의 명을 거역하겠다는 말입니까?"

포스검까지 사용할 수 있게 된 론도의 눈빛은 전과 사뭇 달라져 무게감이 더해졌다.

"지금 밖에 병사들이 기다리고 있습니다. 서둘러 주십시오."

잠시 말이 없던 재무관은 딱딱해진 표정으로 수하에게 다시 지시를 내렸다.

"말을 준비해라. 말을 타고 가겠다."

따뜻한 수프와 배부르게 먹을 수 있는 빵.

달라진 아침 배식에 수로관 공사 인부들은 매우 놀라워했다.

"어쩐 일이지? 빵도 많이 주고, 수프까지."

"이게 다 영주님 덕분이야."

수프에 빵을 찍어 먹던 남자가 같은 마을에서 온 친구에게 속삭였다. 일하는 구역이 달라 두 사람은 오래간만에 만난 처지다.

"영주님이라니?"

"자네 소식 못 들었군. 어제 영주님이 갑자기 오셨는데, 한바탕 난리가 났다더군."

"아니, 왜?"

영주가 왔다는 소식에 깜짝 놀란 남자가 물었다.

"중앙에서 내려온 관리들이 무슨 비리를 저질렀다는데, 그걸 영주님이 아시고 화를 내셨다고 하더군. 아마 배식으로 나오는 음식을 그놈들이 제대로 풀지 않고 중간에 빼돌렸나 봐. 못된 자식들."

"그래?"

친구로부터 이야기를 듣던 남자는 손에 든 커다란 빵을 내려다봤다.

늘 부족하게 먹던 빵이다.

날도 추워져 일하는 게 쉽지 않았다. 너무 배고프면 일이 끝나고 캠프에 차려진 음식점에서 임금으로 받은 돈으로 개인적으로 음식들을 구입해 보충해야 했다.

그런데 이제 그러지 않아도 될 것 같았다.

"영주님이 이렇게 훌륭하신 분이었나?"

이안은 길게 늘어서서 아침 배식을 받고 있는 인부들을 멀찍이서 지켜보고 있었다.

그의 뒤에는 수로관 공사를 책임지는 기술 감독관 두 명과 하딜 마을의 촌장 틴토, 그리고 하딜 마을 소속의 자경대원 스무 명이 서 있었다.

공사 현장과 가까운 하딜의 촌장 틴토는 어제 영주의 호출을 받고 자경대원들을 이끌고 다급히 수로관 공사 현장에 도착해 부패한 중앙 관리들을 결박해 가둬 둔 상태다.

촌장 틴토는 일전에 저수지 문제로 덴주론 마을과 다투다 영주에게 혼이 난 적이 있다.

다행인 건 영광스럽게도 영주가 그의 집을 방문해 식사를 하며 그의 위신을 지켜 줬다는 것이다.

그때부터 촌장은 영주가 거칠지만 속이 깊은 사람이라고 생각하며 마음속으로 따르고 있었다.

게다가 호수산의 물을 이용해 가뭄을 극복하겠다는 영주의 의지에 소름이 돋은 적도 있었다.

재무관과 친분이 있는 그였지만 이제는 완전한 영주의 사람이다.

"촌장."

"예, 영주님."

얼굴이 길고 눈매가 날카로운 중년의 촌장 틴토는 허리를 숙이며 공손히 답했다.

"공사가 끝날 때까지 배식과 임금 지급은 촌장이 관리해.

할 수 있겠지?"

"물론입니다, 영주님. 맡겨 주십시오."

틴토는 보슈둠 생산 지역인 마을을 무리 없이 이끌고 있는 사람이다.

대규모 공사 현장이지만 그만한 관리 능력은 있었다.

인부들이 아침 먹는 모습을 한동안 지켜보던 이안은 몸을 돌려 기술 감독관들을 응시했다.

"수로관은 서부 영지의 생명줄이 될 거야. 지금처럼 잘해 주길 바란다."

"예, 영주님."

두 명의 나이 든 감독관들은 영주가 공사 현장에 수행원 없이 도착했다는 소식을 듣고 얼마나 놀랐는지 모른다.

더 놀란 건 오자마자 니일트와 베크를 단숨에 처리한 결단력이다.

영주를 실제로 처음 본 두 감독관은 위엄이 있으면서도 소탈해 보이는 영주의 행동에 속으로 여러 번 감탄하고 있었다.

"저희들은 그럼 현장으로 가 보겠습니다, 영주님."

기술 감독관들이 물러가자 이안은 촌장을 돌아봤다.

"촌장, 가둬 둔 두 녀석의 발목에 족쇄를 채워 공사 현장에 투입해. 먹을 건 빵 한 조각만 주고. 신발도 벗겨."

"분부대로 하겠습니다, 영주님."

막사로 돌아온 이안은 의자에 앉아 식은 수프와 빵을 입에 넣었다.

-먹는 걸 밝히던 녀석이 왜 그렇게 검소하게 먹는 거냐?

블란조르가 옆에서 묻자 이안은 수프를 떠먹으며 담담히 대꾸했다.

"무슨 일이든 때와 장소가 있는 법이라고. 여기 있을 동안엔 나도 인부들이 먹는 음식으로 배를 채울 거야."

-아주 감동적이구나.

"비아냥거리지 마. 이 추위 속에서 고생하는 영지민들을 두고 그 관리들처럼 술판을 펼쳐 놓은 채 음식을 먹을 수는 없잖아. 사람이 그래선 안 되지."

이안은 탁자에 떨어진 빵 부스러기까지 싹싹 긁어 먹은 뒤 배를 두드렸다.

"재무관 이 자식은 출발했겠지?"

어제 성으로 전서구를 날렸다. 며칠 안에 재무관이 이곳에 도착할 것이다.

자리에서 일어나 막사 한쪽에 걸어 놓은 지도로 향했다.

기존에 깔려 있던 서부 영지 수로관과 호수산에 있던 고대 수로관 사이를 연결시켜 주는 새로운 수로관이 붉은 실선으로 표시되어 있었다.

호수산 정상의 물이 떨어지는 낙차를 통해 먼 거리의 마을까지 물을 흘려보내야 한다.

기술 감독관의 경험과 실력이 중요하다.

"내가 지구에서 있을 때 공부라도 열심히 해 둘걸."

─무슨 말이냐?

"지구의 기술은 이곳보다 훨씬 발전되어 있거든. 유용한 것들이 아주 많아. 그런데 뭐 내가 아는 게 있어야지."

현대의 문물 중에 영지에 가져오면 큰 도움이 될 게 부지기수다.

그러나 그 대부분은 그것을 만들기 위한 과정이 필요하고, 필연적으로 전기와 복잡한 기계공학이 결합되어야 한다.

평범한 대학 생활을 하다 민병대원으로 10년간 싸움질만 한 그에게는 너무 어려운 주제다.

"가자고 그만."

─어디로 말이냐?

"재무관이 오려면 며칠 걸릴 것 아냐. 여기서 가만 앉아서 기다릴 수도 없고. 도적단에게 피해를 본 마을과 크롬에게 피해를 본 해안 마을에 가 보려고. 전에 내가 지시 내린 일이 제대로 이행되고 있는지 직접 두 눈으로 확인해 봐야겠어."

남부 영지의 가장 작은 마을에 속하는 란덴 마을은 노예상의 공격으로 많은 주민이 죽고 마을이 대부분 불타는 큰 피해를 당했다.

해안가에서 고기잡이를 하고 감자와 몇 가지 과일로 먹고 살던 가난한 란덴에겐 큰 시련이 아닐 수 없었다.

당장 살 집이 없어 고통스러운 겨울을 보내야 할 처지에 영주의 지원은 그들에게 큰 힘이 됐다.

폐허가 된 마을 거리는 철거되고 그 위에 영주가 지원해 준 목수들과 자재들로 새집이 들어서고 있었다.

바닷가에 인접한 어촌이라 겨울 바닷바람이 유독 찼지만 마을 주민들은 마을 재건의 중심이라 할 수 있는 집짓기에 모두 열의를 가지고 한마음으로 일을 했다.

그 결과 짧은 시간 만에 불탄 집이 대부분 복구가 되고 있 었다.

"집중들 하시오!"

큰 덩치의 노새 두 마리가 앞으로 나아가자 도르래에 걸쳐 진 줄이 팽팽해졌다.

지붕으로 삼을 넓고 긴 목재가 위로 올라갔고, 2층에서 기 다리던 사람들이 조심스럽게 목재를 받았다.

한쪽에선 지붕을 올릴 때 다른 한쪽에선 또 다른 집을 짓기 위해 수많은 마을 주민들이 달라붙어 목재와 돌을 날 랐다.

자신의 집이 먼저 완성됐다 해서 일을 피하는 사람은 없었 다. 마을이 정상이 될 때까지 그들은 한 운명체다.

작고 가난한 어촌이지만 협동심은 어느 지역보다 뛰어난 곳이다.

'모두 열심히 일을 하는군.'

몰라보게 달라진 마을 한쪽 거리에서 이안은 땀 흘려 일하는 마을 주민들을 말없이 지켜봤다.

어른이며 아이며 그냥 서 있는 사람이 없다.

란덴에 오기 전 도적단에 피해를 본 북동부 마을을 먼저 들렀었는데, 그곳도 이 마을처럼 마을 복구가 거의 이뤄진 상태였다.

중앙에서 지원 온 목수들도 열심히 일을 하고 자재도 이상 없이 제대로 전달된 것 같았다.

두 마을의 공통점은 중앙에서 파견된 관리 대신 촌장들이 마을 재건에 책임을 지고 지휘를 하고 있다는 것이다.

'성에 돌아가면 중앙 관리들을 싹 다 집합시켜서 정신교육 좀 시켜야겠어.'

수로관 공사 현장에서 불거진 비리는 그 두 관리만의 문제가 아니다.

이대로 놔두면 언제고 똑같은 일이 반복될 것이다.

이안은 마을 거리를 벗어나 소형 어선 여러 척이 놓인 모래 해안으로 향했다.

찬 바람에도 그물을 손질하는 어부들이 꽤 됐다.

모두가 집 짓는 일에만 매달릴 수는 없다. 누군가는 겨울 바다를 헤치고 물고기를 잡아야 한다.

"고기는 잘 잡힙니까?"

모래사장에 앉아 고개를 숙이고 그물을 수선하던 중년의 남자가 고개를 들어 이안을 쳐다봤다.

그는 평민 출신의 란덴 마을 촌장 리브움이었다.

후드를 쓴 이안을 잠시 올려다보던 리브움은 깜짝 놀란 표정으로 벌떡 일어섰다.

"현성 님 아닙니까?"

"절 기억하시는군요."

"당연하죠. 그 지옥 같은 날 저희 마을을 구해 주셨는데 제가 어떻게 현성 님을 잊을 수 있겠습니까?"

반가워하던 리브움은 그물을 손질하고 있던 주위 사람들을 향해 큰 소리로 외쳤다.

"이보게들! 어서들 모여 봐! 현성 님이 오셨다네!"

촌장의 외침에 그물을 손질하던 사람들이 서둘러 모여들었다. 그들 중 반 정도는 노예상이 습격한 날 이안의 활약을 목격한 사람들이었다.

"그땐 정말 감사했습니다!"

"제 딸과 아들은 지금도 현성 님을 영웅으로 생각하고 있어요."

어부들은 이안을 둘러싸고 모두들 고마워했다.

당시엔 이안이 촌장을 만나고 바로 사라져서 미처 고맙다는 말을 할 겨를이 없었다.

사람들의 큰 환대에 이안은 가볍게 미소를 지었다.

"전 영주님의 명을 받아 영지를 돌아다니는 사람입니다. 해야 할 일을 했을 뿐입니다."

"당연히 영주님에게도 감사드리고 있습니다. 마을 재건도 다 영주님이 도와주시고 있고 말입니다. 하지만 그래도 저희들을 위해 싸워 주신 현성 님이 아닙니까. 이 늙은이는 그때만 생각하면 지금도 가슴이 뜁니다."

나이 든 어부는 당시에 가족을 잃은 아픔을 간직한 사람이다. 말을 하며 눈물을 글썽였다.

촌장은 갑자기 분위기가 무거워지자 헛기침을 하며 사람들에게 말했다.

"자 자, 그만들 하고 하던 일 마무리합시다. 어두워지기 전에 그물 손질 끝내야지."

"현성 님, 정말 감사합니다."

어부들은 돌아가며 이안에게 머리 숙여 인사를 했다.

그들이 원래 있던 자리로 돌아가는 뒷모습을 잠시 바라보던 이안은 촌장을 돌아봤다.

"겨울을 보낼 식량은 부족하지 않습니까?"

"그럼요. 영주님이 곡물도 지원해 주셨고 게다가 저희들도 이렇게 물고기를 계속 잡고 있어서 마을에 굶는 사람은 없습니다."

"다행이군요."

"마을만 재건되면 내년부터는 저희들이 영주님에게 받은 은혜를 충실히 갚을 생각입니다. 세금도 제대로 내고요. 영주님의 지원이 없었으면 이번 겨울을 나기 참으로 힘들었을 겁니다."

눈시울을 살짝 붉히던 촌장은 애써 웃음을 띠었다.

마을이 가장 힘들 때일수록 촌장은 중심을 지켜야 한다. 그래서 그는 마을 사람들 앞에서 한 번도 눈물을 보인 적이 없다.

평민 출신으로 촌장이 된 리브움은 마을에 대한 애착과 책임감이 누구보다 큰 사람이었다.

"어려운 일이 있으면 성으로 연락을 하십시오. 영주님은 이곳을 잊지 않고 계십니다."

"감사합니다, 현성 님."

이안은 점점 어두워지는 바다를 바라보다가 촌장에게 말했다.

"그럼 저는 이만 가 보겠습니다."

"현성 님, 괜찮으시면 저녁이라도……. 낮에 잡은 싱싱한 생선들이 있습니다. 겨울에 맛이 더 좋은 생선들입니다."

촌장은 마을을 구해 준 이안을 이대로 보내기 아쉬웠는지 저녁을 함께하자고 권했다.

잠시 생각하던 이안은 촌장을 향해 고개를 끄덕였다. 그의 눈치를 보며 어렵게 꺼낸 말을 단칼에 거절할 수는 없었다.

"그럼 그럴까요."

재무관의 얼굴은 동상이라도 걸린 사람처럼 빨갛게 얼어 있었다.

가만히 서 있어도 추운 겨울 날씨인데, 말을 타고 달리자 얼음처럼 차가운 바람이 그를 계속 괴롭히는 중이었다.

평소 말을 즐겨 타지 않았던 재무관은 하루 종일 말을 타고 가는 일이 고문과 같았다.

재무관은 힘들어했지만 론도와 병사들은 아랑곳하지 않고 앞만 보고 달리고 있었다.

어쩌다 뒤처지기라도 하면 론도가 다그치기 일쑤였다.

"영주님을 기다리게 하실 생각입니까?"

"나도 최선을 다하고 있네. 그만 좀 재촉하게."

화가 나 소리치던 재무관은 나뭇가지에 얼굴을 맞고 말에서 굴러떨어졌다.

좁은 숲길이라 길옆으로 삐져나온 나뭇가지들이 적지 않

앉던 것이다.

"멈춰라!"

병사들을 멈추게 한 론도는 땅바닥에 쓰러져 신음하고 있는 재무관을 말 위에서 내려다봤다.

"괜찮으십니까?"

"허리를 다친 것 같아. 더는 말을 못 타겠어."

재무관이 고통스러운 표정을 지었다.

"지금이라도 마차로 가야겠어."

"이 숲에서 어떻게 마차를 구하겠습니까? 마을과도 멀리 떨어진 외진 곳인데."

"그럼 나보고 어찌하란 말인가! 이게 다 자네가 무리해서 날 데리고 가다 이리된 게 아닌가!"

재무관의 호통에 론도는 상체를 숙여 조용히 말했다.

"늦게 가면 영주님이 아주 많이 화를 내실 겁니다. 감당하실 자신이 있습니까?"

허리가 아프다 엄살을 부리던 재무관은 인상을 쓰며 일어섰다.

"말 타고 가다 병에 걸려 죽을 지경이네."

"이제 하루 왔습니다. 이걸로 힘들다 하시면 안 됩니다."

"훈련된 병사들과 나를 어찌 똑같이 보려 하나?"

"이 숲엔 늑대가 많습니다. 날이 완전히 어두워지기 전에 벗어나는 게 좋습니다. 어서 말에 오르십시오."

론도의 경고에 재무관은 이를 악물며 말에 올랐다.

'빌어먹을 놈들. 영주나 그 밑에 호위 놈들이나 다 똑같군. 전엔 내게 눈도 똑바로 뜨지 못하던 것들이 이젠 날 못 잡아 먹어 안달이 난 것 같아.'

어쩌다 이런 신세가 됐는지 서글프기까지 했다.

말 등에 타 멍하니 숲 저편을 바라보던 재무관은 멀리서 늑대 우는 소리가 나자 화들짝 놀라, 급히 론도의 뒤를 쫓아 갔다.

"같이 가세!"

촛불이 켜진 식탁 위엔 생선 뼈들이 수북이 쌓여 있었다. 촌장이 준비한 생선 수프와 구이를 이안은 뼈만 남기고 모조리 먹어 치웠다.

'정말 맛있는데?'

비린내 나지 않는 생선 수프와 고등어처럼 고소하고 쫄깃한 식감을 내는 생선 구이는 이안의 미각을 자극하고도 남았다.

"촌장님의 요리 솜씨가 보통이 아니군요."

이안의 칭찬에 촌장은 밝은 얼굴로 소리 내어 웃었다.

"이렇게 잘 드실 줄 알았다면 음식을 더 준비할 것 그랬습니다."

"아닙니다, 촌장님. 더 이상 먹지 못할 정도로 배가 부릅니다."

수프가 든 그릇까지 깨끗이 비운 이안은 만족스러운 미소를 지었다.

"아내가 집을 비우지만 않았어도 더 다양한 음식을 대접했을 텐데, 그게 좀 아쉽습니다."

촌장의 아내는 마을 사람들과 함께 옆 마을에 생선을 팔러 갔다. 늦은 밤에나 돌아올 것 같았다.

"전혀요. 아주 훌륭한 저녁이었습니다. 제 말을 믿으십시오."

"고맙습니다, 현성 님. 제 아들 녀석은 생선이라면 이제 너무 질린다고 해서 말입니다."

"그래요? 뭐, 그럴 수도 있죠. 오랫동안 먹었으면 말입니다."

이안은 촌장이 따라 준 술을 한 모금 했다.

흔히 맛볼 수 있는 평범한 술이지만 촌장의 정성이 담긴 음식을 먹고 나서인지 다른 때보다 술맛이 더 좋았다.

어쩌면 란덴 마을이 재건되는 모습을 눈앞에서 봐서 그런지도 모른다.

"말씀대로 생선을 오래 먹긴 했습니다. 어촌에서 자랐으니 말입니다. 하지만 감사할 줄 알아야죠. 물고기가 없다면

이 마을이 어떻게 유지되겠습니까?"

"그건 맞는 말씀입니다. 근데, 아드님이 안 보이는군요. 생선을 팔러 같이 간 겁니까?"

촌장이 아내 얘기만 해서 자식이 없는 줄 알았던 이안은 아들 얘기를 먼저 꺼낸 촌장에게 그의 자식에 대해 물었다.

이안의 질문에 촌장은 잠시 머뭇거리다 답했다.

"그게 아니라 꺄뮤에 갔습니다."

"꺄뮤요? 꺄뮤는 무슨 일로요?"

"그게 영주님이 요즘 병사를 계속 모집하고 계시지 않습니까?"

"예, 그렇죠."

5백 명의 신병을 추가로 모집하라고 지시를 내린 게 다름 아닌 이안이었다.

"병사 시험을 보겠다고 마을 청년 몇 명과 함께 꺄뮤로 갔습니다."

"그렇군요."

이안은 고개를 끄덕였다.

알베른 영지민이면 누구든 병사 시험에 응할 수가 있고, 능력이 된다면 병사 시험에 합격해 병사가 될 수 있다.

촌장 아들이 병사 시험을 본다 해서 이상할 건 없다.

다만, 마을 재건이 한창일 때 마을의 젊은 청년들이 마을을 비우는 일은 쉽지 않은 선택이었을 것 같았다.

"지금쯤 모집이 끝났을 텐데요. 합격했습니까?"

"다섯 명이 병사 시험을 봤는데, 두 명은 떨어지고 제 아들 포함해서 세 명은 시험을 통과했습니다. 떨어진 마을 청년들이 얼마 전 돌아와 얘기해 주더군요."

"별로 기뻐하시지 않는 것 같습니다."

"기쁩니다. 영주님의 병사가 되는 건 영광스러운 일이 아니겠습니까? 단지…… 복수심에 불타는 마음이 그 아이들의 마음을 삐뚤어지게 할까 봐 그게 걱정일 뿐입니다."

"복수심요?"

이안은 촛불 너머 표정이 어두운 촌장의 얼굴을 응시했다.

촌장은 손에 든 술을 비운 후 천천히 답했다.

"병사 시험을 통과한 마을 청년 두 명은 노예상의 습격으로 가족을 잃었습니다. 마음이 닫힌 불쌍한 아이들이죠. 제 아들의 친구이기도 해서 제가 그 아이들을 아주 잘 압니다. 스물도 채 되지 않은 나이인데…… 그 아이들은 가족이 죽은 게 자신들이 무능했기 때문이라고 자책하고 있습니다. 언젠가 도망친 노예상 크롬에게 복수한다는 일념으로 병사가 된 아이들입니다."

크롬 이야기가 나오자 이안의 표정이 살짝 굳어졌다.

"그렇군요. 그럼 아드님은 우정 때문에 함께 따라간 겁니까?"

"꼭 그렇지는 않습니다. 바로 현성 님 때문입니다."

"나 때문이라고요?"

이안은 의아한 눈빛으로 촌장을 쳐다봤다.

"예, 현성 님이 앞에 계셔서 하는 이야기가 아니라 현성 님이 그놈들을 막지 않으셨다면 우리 마을이 지금까지 남아 있겠습니까? 물론, 영주님이 계셨기에 현성 님이 이 자리까지 오셨겠지만 말입니다. 아무튼 제 아들은 병사가 되면 영주님 휘하에 있는 현성 님을 만날 수 있다는 기대감으로 병사가 되었습니다. 참 단순한 녀석이죠."

촌장은 고개를 절레절레 흔들었다.

"병사가 된다 해도 절 만나기는 어려울 겁니다. 그는 곧 후회하겠군요."

"어쩔 수 없지요. 그냥 마을에 있었다면 소원하던 현성 님을 바로 이렇게 가까운 자리에서 만날 수 있었을 텐데 말입니다."

두 사람은 서로 얼굴을 마주 보며 소리 내어 웃었다.

"아들 이름이 어떻게 됩니까?"

"펠티노입니다. 바다에서 가장 빠른 물고기 중 하나인 펠티노의 이름을 따서 제가 지어 줬죠."

"펠티노."

"이름을 그렇게 지어서 그런지 몰라도 아들은 어려서부터 몸이 빨랐습니다. 쉽게 지치지도 않고."

"아, 그렇습니까?"

이름 때문에 그런 재주가 생기지는 않았겠지만 흥미로운 일이었다.

"노예상이 습격하던 날 물건을 팔기 위해 옆 마을에 가 있지만 않았어도 아마 제 아들은 녀석들 몇 놈 정도는 손을 봤을 겁니다."

노예상의 부하들을 몰살시킨 이안 앞에서 아들을 자랑하는 게 다소 민망했는지 촌장은 말을 하고는 서둘러 술잔을 입에 가져갔다.

"저녁 잘 먹었습니다."

술잔을 비운 이안은 자리에서 일어났다.

"주무시고 가시겠습니까? 이 집은 좁으니 다른 집을 알아봐 드리겠습니다."

"아닙니다."

이안은 가볍게 사양하고 집 밖으로 걸어 나왔다.

그의 귓속으로 파도 소리가 끊임없이 들렸다.

촌장의 낡은 집은 바다가 보이는 해안가 근처에 세워져 있었다.

사실 이 집은 그물과 같은 고기잡이용 도구들을 보관하는 넓은 창고였다. 그것을 개조해 촌장이 집으로 삼은 것이다.

그의 본래 집은 노예사냥꾼들이 지른 불로 인해 다 타 버렸다.

"마을에 완성된 새집이 있는데 왜 그곳으로 이사 가지 않습니까?"

집 안에 산더미처럼 쌓여 있는 그물과 함께 저녁을 먹었던 이안이 차분한 목소리로 물었다.

"마을 주민들이 먼저니까요. 저는 촌장 아닙니까."

촌장은 창고였던 집 앞에서 이안처럼 먼 바다를 응시했다. 캄캄한 바다 위에 떠 있는 둥근 달이 유독 밝아 보였다.

한동안 말이 없던 이안은 가방에서 막대 사탕 두 개를 꺼냈다.

"촌장님, 사탕 좋아 하십니까?"

"예에?"

"드셔 보세요. 맛이 좋습니다. 하나는 아내분이 돌아오시면 주시고요. 맛있다고 혼자 다 드시면 안 됩니다."

가벼운 농담을 한 이안은 막대 사탕을 들고 어색하게 서 있는 촌장의 눈앞에서 점점 멀어져 갔다.

호수산 정상의 거대한 호수는 새벽안개에 휩싸여 신비로운 빛을 뿜어냈다.

서서히 밝아 오는 아침 햇살에 호수를 뒤덮은 안개는 조금씩 자취를 감춰 갔다.

안개가 물러간 자리에 사람의 형상이 조금씩 나타났다.

그는 바로 이안이었다.

새벽 일찍 수로관 공사 캠프에서 빠져나온 이안은 고대 수로관을 둘러본 뒤 호숫가에 좌정을 한 채, 명상을 이어 가고 있었다.

1갑자 내공이 생긴 뒤, 그가 펼칠 수 있는 기공권의 수법은 늘어 갔다. 막대한 내공이 필요해서 그동안 사용하지 못했던 수법들이다.

하지만 기공권의 경지가 올라야 높아진 내력을 효과적으로 사용할 수 있다. 위력도 강해지고.

그것을 위해선 끊임없이 기공권의 구결을 한 자 한 자 참오하며 자기 것으로 만드는 과정이 필요하다.

사실, 기공권의 끝은 주먹으로 산을 부순다는 경지다.

'산을 부순다.'

지구에서 현성에게 기공권을 전수해 준 노인은 현성을 볼 때마다 힘주어 강조했다.

-산을 부숴라. 넌 할 수 있다.

정작 그렇게 말하던 노인은 바위도 제대로 부수지 못하고 생체 병기에 팔이 뜯겨 죽었다.

그러나 그 생체 병기는 현성의 주먹에 머리가 부서져 벽에 처박혔다.

죽어 가던 노인은 피를 흘리며 또다시 말했다.

─넌 특별하다. 그러니 산을 부숴라. 넌 할 수 있다.

입 다물고 숨을 크게 들이마시라고 할 때, 그 노인은 오히려 숨을 길게 토하며 두 눈을 감았다.

마음속으로 의지하던 노인의 죽음은 현성에게 또 하나의 큰 슬픔이었다.

'스승.'

당시에 현성은 노인을 스승으로 불렀다.

그에게 스승은 한 명이다. 그래서 블란조르는 스승이 될 수 없다.

눈을 번쩍 뜬 이안은 앉은 자세로 주먹을 내뻗었다.

멀리 호수의 물이 폭발하며 10미터나 솟구쳤다.

후두두두.

호수 안의 물고기 몇 마리가 이안의 주변으로 떨어졌다.

스르릉.

검을 뽑은 이안은 앞으로 달려가며 검을 번개처럼 휘둘렀다.

강한 빛에 휩싸인 붉은 늑대가 일직선으로 뻗어 나가 호수 물을 좌우로 갈라 버렸다.

순간적으로 좌우로 갈라진 호수 물의 높이는 3미터가 넘었다.

쿠쿠쿠쿠쿵.

호수 물이 파도처럼 높이 일어나 잔잔했던 호수에 큰 파문을 일으켰다.

붉은 늑대가 호수 물을 가르는 장면을 고요한 시선으로 끝까지 지켜보던 이안은 호수가 다시 잠잠해지자 멈췄던 숨을 서서히 쉬었다.

철컥.

검을 회수한 이안은 천천히 뒤를 돌아봤다.

블란조르가 팔짱을 끼고 그를 지켜보고 있었다.

"21잔영. 이제 나도 붉은 늑대를 만들 수 있게 됐어."

―축하한다. 이제 다시 22잔영을 보고 노력하면 되겠군.

근엄한 표정으로 말을 하는 블란조르에게 이안이 투덜대며 물었다.

"도대체 야수검의 정수를 모두 터득하려면 몇 잔영이 되어야 하지?"

―31잔영이다. 한 번의 검으로 서른한 가지 변화를 일으킬 수 있는 경지가 되면, 그때 비로소 너는 야수검을 온전히 터득한 진정한 숲의 전사가 되는 것이다.

"그럼 하얀 나무가 어디에 있는지 알려 줄 건가?"

이안의 은근한 물음에 블란조르는 코웃음을 쳤다.

―어림도 없는 소리.

"쳇, 내가 하얀 나무를 뽑아 먹을 것도 아니고, 구경이나 해 보려고 하는 거지 뭐."

ㅡ모든 것을 버리고 숲의 전사로서 하얀 나무를 수호하겠 다고 맹세하면, 그때 알려 준다고 하지 않았느냐?

"미쳤어. 그 답답한 짓을 왜 해."

이안은 파닥거리는 커다란 물고기를 호수에 넣어 줬다.

물살을 가르며 호수 안으로 도망치는 물고기를 묵묵히 응 시하던 이안은 블란조르에게 말했다.

"고마워."

ㅡ뭐가 말이냐?

"그냥 고맙다고."

휙 돌아선 이안은 워프를 발휘해 산 아래로 내려갔다.

막사 안에서 아침을 먹던 이안은 밖이 소란스러워지자 밖 으로 나가 봤다.

알베른 가문의 깃발을 든 일단의 기병들이 캠프 안으로 진 입해 그가 있는 막사 방향으로 달려오고 있었다.

'론도.'

선두에서 말을 몰고 오는 육중한 체구의 갑옷 입은 사내.

듬직한 호위, 론도였다.

"영주님!"

막사 앞에 서 있는 이안을 발견한 론도와 병사들이 뛰어난 기마술을 자랑하듯 순식간에 말을 멈췄다.

그리고 일제히 말에서 내려와 이안 앞에 부복했다.

수십여 명의 병사들이 일사불란하게 행동하는 모습은 근처에서 이 상황을 목격한 사람들에게 강한 인상을 심어 줬다.

"끄응."

뒤늦게 말에서 내려온 재무관은 비틀거리며 이안에게 걸어갔다.

며칠간 잠도 제대로 못 자고 힘들게 말을 타고 온 그는 온몸이 부서질 것처럼 아팠다.

"우엑!"

이안에게 걸어가던 그는 중간에 걸음을 멈추고 새벽에 먹은 걸 모두 토하며 힘들어했다.

땅에 두 무릎을 대고 구토를 하고 있는 재무관을 보며 눈살을 찌푸리던 이안은 고개를 돌려 론도와 호위 병사들을 둘러봤다.

"생각보다 일찍 왔군. 그만들 일어나."

"예! 영주님!"

이안은 먼지로 뒤덮인 론도의 몸을 보며 혀를 찼다.

"전쟁이 난 것도 아니고, 왜 이리 서둘러 왔어? 쉬엄쉬엄

오지."

"아닙니다, 영주님. 재무관을 데리고 즉시 오라는 말씀이 있는데 어찌 꾸물댈 수가 있겠습니까."

"아무튼 서둘러 오느라 수고했다."

이안은 충직한 론도의 어깨를 가볍게 토닥여 주었다.

"여, 영주님."

얼굴이 핏기 없이 창백한 재무관이 비틀거리며 다가오더니 영주 앞에서 쓰러지듯 몸을 숙였다.

실제로 그는 너무 지쳐 힘이 하나도 없었다.

태어나 말을 이렇게 길게 타 본 적이 없다. 대부분 편안한 마차를 통해 여행을 하거나 했다.

"소신! 부르심을 받고! 온 힘을 다해 쉬지 않고 달려왔습니다! 영주님!"

목청이 터지도록 말을 한 재무관은 고개를 슬쩍 쳐들어 이안의 눈치를 재빨리 살폈다.

무슨 일로 그를 부른지 모르겠다. 다만, 안 좋은 일일 것 같다는 예감은 들었다.

좋은 일이라면 이 먼 곳까지 서둘러 오라고 지시를 내리지는 않았을 것이다.

불안감이 목구멍까지 차올랐을 때, 말없이 쳐다만 보고 있던 이안이 말문을 열었다.

"론도."

"예! 영주님!"

"저쪽에 배식하는 곳이 있어. 병사들 데리고 따뜻한 수프라도 먹고 와."

"아닙니다, 영주님. 저희들은 괜찮습니다."

"꼴들 보니 제대로 먹지도 못하고 왔는데 뭘. 갔다 와."

"감사합니다, 영주님."

론도가 병사들을 이끌고 배식 장소로 걸어가자 홀로 남은 재무관이 입맛을 다시며 말했다.

"영주님, 저도 저들처럼 고생하며 왔습니다. 따뜻한 음식을 먹어 본 게 오래전이고 말입니다."

"넌 닥치고 따라 들어와."

이안이 막사 안으로 들어가자 재무관은 옆을 보며 조용히 물었다.

"틴토, 대체 무슨 일인가?"

한쪽에 서 있던 하딜 마을 촌장 틴토가 나직이 답했다.

"중앙에서 나온 두 관리가 문제를 일으켰습니다. 배식을 마음대로 줄이고 임금도 제대로 주지 않았습니다."

"뭐야? 그놈들이!"

재무관이 크게 놀랄 때, 막사 안에서 삽자루가 날아왔다.

"안 들어와!"

고개를 숙여 삽자루를 용케 피한 재무관은 서둘러 막사 안으로 들어갔다.

"엎드려."

"여, 영주님."

"내가 분명히 지시했지. 인부들에게 임금 제대로 지급하라고. 배식도 넉넉히 하고. 그런데 왜 네 밑에 있는 놈들이 저 모양이야. 임금을 중간에 가로채고 배식비는 아껴서 지들 술값에 사용하고. 음식점을 열어서 그나마 준 인부 임금도 지들 입으로 빨아들이고."

삽자루에 기댄 이안은 차가운 눈빛으로 재무관을 노려봤다.

"영주님, 이 일은 저와는 무관합니다."

당황한 재무관이 억울함을 하소연했다. 하지만 이안은 삽자루로 바닥을 툭툭 내리쳤다.

"다 널 보고 배운 거 아냐. 그리고 책임자는 너잖아. 네가 알아서 관리를 해야지. 모른다고 하면 다야? 잔말 말고 엎드려."

"좋습니다! 그렇게 제가 미우시면 마음대로 하십시오!"

재무관은 울음 섞인 말투로 말하며 바닥에 엎드렸다.

"반항하냐?"

"솔직히 너무하십니다! 매번 왜 저만 가지고 그러십니까? 문관이야말로 이 수로관 공사를 계획하고 실행한 사람이지 않습니까? 문제가 생기면 그에게 죄를 물어야 하지 않습니까? 왜 접니까!"

"너 우냐?"

"안 웁니다! 소신 나이가 몇인데 울고 있겠습니까?"

재무관은 눈물을 뚝뚝 흘리면서 안 운다고 외쳤다.

이안은 삽자루를 머리 높이로 들어 올렸다.

"문관은 할 일을 제대로 했어. 돈 만지는 관리들이 똑바로 안 해서 그렇지. 그 녀석들은 네 밑에 애들이잖아."

이안은 삽자루를 힘껏 내리쳤다.

쿠웅!

벼락 치는 소리가 나며 재무관 옆에 구덩이가 생겼고, 구덩이에서 튀어 오른 흙들이 막사 천장까지 튀어 올라갔다.

위로 솟구친 흙들이 엎드려 있는 재무관 머리로 후드득 떨어졌다.

곁눈질로 바닥에 난 구멍을 본 재무관의 간이 콩알만 해졌다. 그의 몸에 저 삽자루가 떨어졌다면 그는 죽은 목숨이었다.

긴장이 돼 몸을 떨고 있는 그의 귀로 이안의 차가운 음성이 들려왔다.

"일어서."

재무관은 벌떡 일어섰다. 그의 얼굴은 식은땀이 가득했다.

"내가 일일이 관리들을 따라다녀야겠어? 그럴 거면 재무관이 왜 필요해?"

"죄송합니다, 영주님. 다시는 이런 일이 없도록 조치를 취하겠습니다!"

"내 앞에서 시늉만 하지 말고 진짜 일을 하라고, 이 새끼
야. 영지민들은 생존을 위해 각자 최선을 다해 살고 있는데,
너희들은 왜 아직도 정신을 못 차리고 있어. 진짜 다 죽여
줄까?"

이안의 살기 띤 음성에 재무관은 침을 꿀꺽 삼켰다.

'니일트, 베크, 이 개자식들을 그냥!'

재무관은 그를 곤경에 빠트린 관리들을 찢어 죽이고 싶었
다.

"기회를 줄 때 잘해. 성에서 편히 지낼 생각만 하지 말고."

이안은 삽자루로 재무관의 튀어나온 둥근 배를 밀었다.

뿌우욱!

긴장해 있던 재무관은 복부에 자극이 오자 저도 모르게 방
귀를 뀌고 말았다.

심각한 표정으로 이야기를 하던 이안의 얼굴이 굳어졌다.

"너 지금 뭐 하는 거냐?"

"죄, 죄송합니다. 말을 계속 타고 오다 보니 속이 좀 안 좋
았습니다. 다른 뜻은 없었습니다."

난감해진 재무관은 붉어진 얼굴로 급히 말했다.

잠시 재무관을 노려보던 이안은 막사 밖에 있는 촌장 틴토
를 불렀다.

"가서 그 두 놈을 데리고 와."

"예, 영주님."

틴토는 막사 밖으로 나가며 흘깃 재무관을 쳐다봤다. 영주 앞에서 숨도 크게 쉬지 못하고 위축된 모습이었다.

'내가 알던 예전의 재무관이 아니야. 영주님에게 꼼짝도 못 하는군.'

틴토가 나가자 이안은 들고 있던 삽자루를 바닥에 던졌다.

"다 식었네."

의자에 앉은 이안은 먹다 만 아침을 마저 먹기 시작했다.

식은 수프와 딱딱해 보이는 빵.

높은 신분의 영주의 식사로는 많이 부족해 보였다.

'저건 인부들 음식 같은데, 그걸 같이 먹고 있었나?'

초라한 음식을 영주는 아주 맛있게 먹고 있었다.

'왜 굳이 저런 걸 먹고 있지?'

수로관 공사 현장이지만 마음만 먹으면 영주는 얼마든지 좋은 음식들로 배불리 먹을 수 있다.

한쪽에 서서 영주의 식사 장면을 지켜보던 재무관은 영주의 행동이 진짜 모습인지 가식인지 분간이 안 됐다.

'사람들에게 효과는 있겠군. 영악한 인간.'

수천 명이 일하는 수로관 공사 현장의 인부들에게 영주가 똑같이 식사를 하고 있다는 소문이 아마 퍼졌을 것이다.

'내가 생각한 것보다 훨씬 무서운 인간이야.'

눈을 가늘게 뜨며 이안을 쳐다보던 재무관은 재빨리 옆으로 시선을 돌렸다.

수프를 떠먹던 이안이 갑자기 고개를 들어 그를 응시했기 때문이다.

"재무관."

"예, 영주님."

"내 돈 잘 준비되고 있지?"

영주가 어떤 돈을 말하는 건지 재무관은 바로 이해했다.

"왕성에 있는 사촌에게 연락을 했습니다. 돈을 돌려 달라고 말입니다."

"잘 처리해야 할 거야. 경과 사촌의 목숨이 달려 있는 일이니까. 허투루 듣지 마. 돈 안 가지고 오면 죽는 거야, 너와 네 사촌까지."

to be continued

갑질하는 영주님

200평 초대형 24시 만화방

수면실
(침대식)

사우나석

다인석

샤워실

세탁기

신간100%

📖 수원 인계동점

● 나헤석거리　　　● 농협

● CGV　　● 수원시청역⑧

무비 사거리

소주한잔
건물
24시 만화방 3F

● 홍콩반점　　● 홈플러스

TEL : 031-226-3771
수원시 팔달구 인계동 1041-11 3층 24시 만화방

📖 의정부점

의정부역④
⑤

흥선지하도

◀서울방향

진성약국

단킨도넛츠

● 24시 만화방
3F

TEL : 031-856-3971
경기도 의정부시 의정부동 197-13 3층

📖 주안점

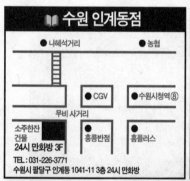

주안
남부역

◀제물포

민병철
어학원

간석동▶

25시 만화방 6F

TEL : 032-426-2871
인천광역시 주안남부역 지하상가 4번 출구 GS25시 건물 6층

📖 안양점

● 안양역

육
교

◀관악역

명학역▶

● 농협

24시 만화방
2F
안양일번가

TEL : 031-466-3771
경기도 안양시 안양동 674-163 조이당구장건물 2층

1레벨 플레이어

ROK FUSION&FANTASY STORY
송치현 퓨전 판타지 장편소설

『해신』『검마왕』의 작가 송치현
대박 신작『1레벨 플레이어』로 돌아오다!

꿈에서도 바라던 각성에 성공!
근데 형편없는 스텟 수치에 노 스킬이라니!
게다가 레벨 업도 안 된다고?

저주캐라 절망하는 그의 눈에 들어온 고유 스킬
『판매』와『구매』!
이젠 포인트를 벌어야 산다?

투철한 상인 정신으로 타 차원의 유저들을
게임 폐인의 길로 인도해
박리다매, 아니 고혈리다매를 실현한 헌성!

상거래로 강해지는 헌터계의 이단아!
랭커를 깔아뭉개는 1레벨이 온다!

국회의원 이성윤

ROK MODERN FANTASY STORY
이해날 현대 판타지 장편소설

『어게인 마이 라이프』『판사 이한영』에 이은
이해날표 정치물 신작!
『국회의원 이성윤』

한국 정치에 관한 예지몽을 꾼 이성윤
미래를 뒤집기 위해 비주류를 당선시키고
능구렁이 재벌 의원과 연합하며
정치계의 킹메이커로 떠오르다!

하지만 꿈속의 철천지원수와 맞닥뜨리며
예측 불허의 상황에 빠져드는데……

그가 향하는 곳에 새 시대의 대통령이 있다?
어디서도 보지 못한 정치판이 펼쳐진다!